AF190573

Herstellung: Books on Demand GmbH

ISBN 3-8311-2877-4

Titelbild:
An der „Fockplatte" am Gerber-Südwestgrat, 12. Oktober 1935, Jula Nemayer, 23 Jahre

Danksagung

Für die Unterstützung bei der Verwirklichung dieses Buches möchte ich folgenden Personen danken:
Meiner Familie und insbesondere meiner Enkelin Angelika für die technische Umsetzung,
Herrn Hornsteiner für die Titelgestaltung,
Lijdia Papic und Christine Wedler für die Texterfassung,
Frau Strohm und allen anderen, die in irgendeiner Weise mitwirkten.

Zur Autorin:
Jula Keck, geb. Nemayer

Geboren 1912 in Mittenwald, als älteste von 5 Geschwistern: Arthur geb. 1914 und in den nächsten Jahren die 3 kleinen Schwestern Liesl, Bertl und Wilma.

Die Eltern kamen 1911 aus Freising jung verheiratet nach Mittenwald. Es war ein wahres Abenteuer für die damalige Zeit in Mittenwald, wohin noch keine Bahn führte, eine Buchdruckerei zu eröffnen und eine Lokalzeitung (die „Grenzpost") herauszubringen.

Die „Grenzpost" ist heute noch einigen Mittenwaldern in bester Erinnerung. Unter Hitler jedoch wurde die Grenzpost 1938 verboten und nach dem Krieg nicht mehr neu aufgelegt. So fiel die „Grenzpost" wie so viele andere kleine Zeitungen Hitler zum Opfer.

1925 wurde von Vater Arthur Nemayer der Neubau in der Bahnhofstraße errichtet, wo bis heute die Buchhandlung Nemayer zu finden ist. Die Druckerei ist seit 1967 in der Albert-Schott-Straße ansässig, wo bis heute der Ärzteverlag und Praxisversandhandel Nemayer seinen Sitz hat.

Die 5 Geschwister Arthur, Jula, Bertl, Liesl und Wilma, 1931

Vorwort

Außer „meinen Bergen" hatte ich noch zwei große Hobbys, das Lesen und das Schreiben. Da die Zeit neben Betrieb und Familie meist knapp bemessen war, sah ich dem Alter gelassen entgegen, da ich dann ja endlich Zeit für diese zwei Hobbys haben würde. Leider machte mir mein Augenlicht einen Strich durch diese Rechnung. So blieb nur das Vorlesen, wogegen ich mich zunächst sträubte, weil es sehr ungewohnt für mich war. Dann jedoch dachte ich mir, wenn schon vorgelesen bekommen, dann zunächst meine eigenen Aufzeichnungen, von denen es schließlich einen ganzen Schrank voll gibt. Unter anderem eben auch meine Tourenbücher. Hierbei tauchten unvergessliche Erinnerungen auf. So kam ich auf die Idee einige dieser Geschichten zu einem Buch zusammenzufassen.

An oberster Stelle unserer damaligen Bergkameradschaft stand mein 2 Jahre jüngerer Bruder Arthur. Wo auch immer er war, strahlte er einen unverwüstlichen Humor aus. Jeder wusste, wenn er dabei war konnte es nur ein großes Erlebnis werden. Von allen Kameraden unvergessen ruht er in Russlands Erde. Diesem sonnigen und lustigen Menschen sei als kleines Gedenken dieses Buch gewidmet.

Was die Berge für uns bedeuteten, fasste der Norweger Hoek in folgende Worte:

> Nicht wertet uns, dass wir Berge besteigen,
> noch welche uns wurden zu eigen,
> sondern was wir an Höhentagen
> von den Bergen zu Tal getragen.

Ich und die Berge

Meine erste bewusste Begegnung mit dem Berg war im Alter von 5 Jahren. Bis dahin wohnten wir im „Adlerhaus" neben der Kirche. Unser fast ausschließlicher Aufenthaltsraum war die Küche, die beiden Fenster gingen nach Westen, also auf die „Ostwand der Pfarrkirche". Auch von keinem anderen Fenster aus konnte man einen Berg sehen. So war es ein großes Ereignis für mich, als wir Frühjahr 1918 in ein neues Haus - unser eigenes - umgezogen sind, das „Landhaus Nemayer" an der Partenkirchnerstraße.

Gewaltig lag die Wand des Karwendels vor mir, von dem großen Ostbalkon aus zu sehen. Dort gab es eine schlichte Holzbank, ich sehe und spüre sie heute noch. Da saß ich nun halbe Tage lang und tat nichts anderes, als den Karwendel anzuschauen, ich wurde nicht müde davon, es muss ein enormer Eindruck für mich gewesen sein. Langsam fing ich an, mir die Grat-Konturen einzuprägen, es war eine Faszination. Dann holte ich Papier und Stift und fing an zu zeichnen. Immer wieder, jeden Tag das gleiche: links fing ich an mit dem ersten Felsaufschwung aus dem Wald, über die kleinen, waagrechten Zacken hinweg (die gelangen mir am besten), hinauf zum Nordgrat der Viererspitze und weiter den Grat entlang zur Westlichen Karwendelspitze bis zum Gerberkreuz. Jede einzelne Zacke wurde genau studiert und erforscht, bis ich „den Karwendel" schließlich auswendig zeichnen konnte. Natürlich vergaß ich nicht, auf den drei Gipfeln die Kreuze einzuzeichnen, die „4" in die Vierer-Nordwand und gleich am Ende des Waldes die Karwendelhütte, wie man damals sagte (heute: „Mittenwalder Hütte"). Oberflächlich wurden die bewaldeten Teile berücksichtigt und auf den Felsen dann und wann eine Gams - das wichtigste aber war mir der Grat!

Das zweite „Bergerlebnis" bekam ich von meinem Vater vermittelt. Das war einige Jahre später. Mit den phantasievollen Schilderungen seiner Bergtouren. Diese Berichte saugte ich gierig auf. Er machte einige Bergtouren mit dem damaligen Benefiziaten Karl, dem späteren Pfarrer und Dekan Karl. So bestiegen sie auch mal den Bettelwurf. Diese Geschichte konnte ich - und auch mein Bruder - nicht oft genug hören. Dieser Berg war nämlich so hoch, dass er am Himmel anstieß und man mit dem Petrus reden konnte. Dieses Gespräch zwischen meinem Vater und dem „Pförtner der Himmelstür" wurde so „hautnah" geschildert, dass ich nur den einen Wunsch hatte, recht bald „groß" zu sein, um auch diesen hohen Gipfel besteigen zu können.

Ein anderer Bericht war nicht weniger aufregend: mit einigen Sektionskameraden muss Vater auf der Ferein-Alm (heute „Vereinsalm") im damaligen Großherzog-Adolf-Haus einen „zünftigen" Hüttenabend verbracht haben, um dann am nächsten Tag über den berüchtigten „Gjaidsteig" den Übergang zum Karwendelhaus zu machen. Mitten auf dem schmalen, in den Fels gehauenen ausgesetzten Steig ist Vater übel geworden. Um seinen Absturz zu verhindern, verkeilten ihn die Freunde mit ihren Alpenstangen. Das waren ca. 2 m lange, dicke und schwere Haselnussstöcke, die damals allgemein von Jägern, Holzern und Bergsteigern verwendet wurden. Jedenfalls - Vater wurde es wieder besser und die Gruppe landete schließlich doch noch wohlbehalten auf dem Karwendelhaus. - Meine Mutter war von diesem Bericht nicht so sehr angetan. Zu Recht wird sie vermutet haben, dass es ein langer Hüttenabend geworden ist, für meinen Vater keinesfalls „eine gute Vorbereitung" für eine so anstrengende Tour.

Die dritte Begegnung mit „dem Berg" war schon sehr direkt, bzw. es war kein Berg, sondern eine Wand. Ich mag vielleicht 11 Jahre gewesen sein, mein Bruder 9, unser Spezi, der Lehrling Bebbi aus Berchtesgaden, der auch bei uns wohnte, vermutlich 14. Alle drei fanden wir, dass es höchste Zeit wäre, mit dem Klettern anzufangen, natürlich mit Seil und allem drum und dran. Eine Wand hatten wir schon, die haben wir gelegentlich bei unseren Streifzügen durchs heimatliche Gelände entdeckt, unten im Seins, nahe der Isar - eine herrliche Wand!

Aber - woher ein Seil nehmen? Wir brauchten nicht lange zu überlegen: das konnte nur von einem Bauern geholt werden, die hatten solche. Konnten wir doch täglich beobachten, dass bei den vorbeikommenden Heufuhren obenauf eine Stange lag, welche vorn und hinten mit einem Seil befestigt war. Und einen Bauern wussten wir auch, nämlich den Vater unserer Putzerin Vefi, dem das Haus gehörte mit dem großen Kruzifix, nicht weit von uns, wir brauchten nur hinter unserem Haus den Bach entlang gehen, dann war man schnell dort. Da kreuzten wir denn auch zu dritt auf, an einem wunderschönen Tag, sicher war es ein Samstag Nachmittag, denn sonst hätte der Bebbi ja nicht frei gehabt. Wir sagten unser bestens einstudiertes Sprüchlein herunter:

„Einen schönen Gruß von der Mutter und vom Vater und sie lassen bitten, ob Sie uns nicht Ihr Heuseil leihen könnten, wir müssen nämlich in den Wald und Holz holen und da brauchen wir es, weil wir doch das Holz am Leiterwagen festbinden müssen". Die sehr erstaunten, etwas hilflosen Gesichter des Bauern und der Bäuerin sehe ich heute noch vor mir. Nur widerwillig und kopfschüttelnd brachten sie das Gewünschte. Mit „hurra" stoben wir davon - Das sollte eine Sache werden! Wurde es auch! Daran zurückdenkend, stehen mir heute noch die Haare zu Berg und ich kann nur sagen, dass wir alle drei einen Schutzengel gehabt haben. Es hätte schlimm ausgehen können! Wir hatten doch alle drei keine Ahnung „von tuten und blasen"! Quietschvergnügt kehrten wir nach einigen Stunden, nachdem wir vorher das Seil abgeliefert hatten, wieder nach Hause zurück. Jedoch - die Zeit hat bereits gegen uns gearbeitet, wie das oft so ist im Leben, kaum hat man eine „Sternstunde" genossen - kommt schon wieder ein Dämpfer. Die Vefi war inzwischen zum Putzen gekommen und wollte wissen, wo denn die Kinder das Holz holen müssen. Es gab natürlich ein Donnerwetter, aber es lief noch glimpflich ab. Es muss aber doch sehr beeindruckend gewesen sein, denn vorerst „lüstete" uns nicht mehr, nocheinmal eine Kletterpartie zu machen. - Der gute Bebbi ist später ein bekannter Kletterer geworden, immer wieder in Abständen tauchte sein Name in Alpin-Zeitschriften auf - und schließlich auch die Meldung, dass er am Großglockner in der Palvicini-Rinne tödlich abgestürzt ist...

Erneut - und wesentlich vernünftiger - wir waren inzwischen 12 und 14 Jahre alt, begannen Arthur und ich uns in die Bergsteigerei zu stürzen. In unserem Eigenprodukt, dem „Führer von Mittenwald und Umgebung" suchten wir uns die Touren zusammen, fingen mit den leichten an und suchten uns dann immer schwierigere aus. Auf diesen Fahrten waren wir ein Herz und eine Seele. Wir passten schon auf, machten aber auch einige Dummheiten, die böse hätten ausgehen können. Nach einigen Jahren fanden wir dann auch Gefährten und zwar in den „Horn-Buben", in Gustl und Alban, sowie deren Schwester Mariele. Dazu gehörte aber auch die Josi, eine Mitarbeiterin im Textilladen, die aber im Hause wohnte und wie zur Familie gehörig betrachtet wurde. Das waren schöne Jahre. Wieder einige Jahre später, als die Sektion Mittenwald eine Klettergilde aufgebaut hat, wurde der Kameradenkreis dann größer. Unsere Eltern hatten natürlich schon ihre Sorgen, besonders Mutter atmete am Sonntag erst wieder auf, wenn wir glücklich nach Hause zurückgekehrt sind. Ich wunderte mich immer, dass sie es in keiner Weise glauben wollte, wenn ich ihr immer wieder beteuerte: „Du brauchst doch keine Angst zu haben, was soll uns denn passieren?" Später hab ich das schon begriffen - und passieren hätte eine ganze Menge können!

Eigenartig war, dass damals fast ausschließlich „de Fremma" in die Berge gingen, Einheimische trafen wir wenig. Der Mittenwalder stieg nur dreimal im Jahr irgendwo hinauf, nämlich im Frühjahr, um sich die „Schmalzler" (Bergaurikel) zu holen, im Juli, um Alpenrosen zu pflücken und wieder im Spätsommer, um sich Edelweiß zu holen. Die sah man dann an diversen Hüten, phantastische Exemplare, die wir nie fanden. Die Einheimischen wussten da ganz bestimmte Plätze.

Lange Zeit brauchten sie auch, bis sie endlich mal anfingen, auch im Winter - mit Ski - Bergtouren zu machen. Sie hatten eine schreckliche Angst vor Lawinen. Arthur und ich waren welche der ersten, die das Dammkar entdeckten. Mit bösen Blicken wurde man verfolgt, wenn man im Frühjahr mit geschulterten Bretteln loszog, wir waren jedes Mal froh, glücklich dem Ort entronnen zu sein.

Sehr viele Touren machte ich später, so im Alter von 18 bis 20 Jahren ohne jede Begleitung. Ich ging alleine auf die Viererspitze über den Südwestgrat, war allein auf dem Wörner, dem Gerberkreuz, allein auf dem Oberen Wetterstein. Allein ging ich bei jeder Tages- und Nachtzeit auf unsere AV-Hütte auf der Vereinsalm, das Rad nahm ich mit bis zur Aschaueralm. Auf unserer Krinner-Kofler-Hütte gab es für die Mitglieder der Klettergilde Hüttendienst abzuleisten am Wochenende. Es wurde abgewechselt. Am meisten traf es mich - worüber sich Mutter immer sehr wunderte!!

Angst kannte ich keine - in diesen Jahren hab ich gar nicht gewusst, was mir hätte passieren können!

Die erste Klettertour

Wirklich hart war das, ja! Wie ich mich auch drehte und wendete - nirgends war es weicher und die Knochen taten mir verdammt weh. Und richtig kalt war es auch noch! Hatten wir doch zusammen nur eine Decke - mein Bruder und ich - und das, worauf wir lagen, war der astreiche Boden der Gaststube auf der Meilerhütte, auf dem uns Mutter Reindl ein Notlager bereitete.

Unserer großen Begeisterung jedoch tat dies keinen Abbruch. Wenn es auch hart und kalt war - das schadete nichts! War es nicht ungleich romantischer, hier auf dem Boden der Gaststube zu liegen, als droben auf den weichen Matratzen, die für einen Kletterkursus der Reichswehr reserviert worden waren? Und, was ein richtiger Bergsteiger ist, der muss sich an Entbehrungen gewöhnen, der muss alles ertragen lernen, den darf ein hartes, kaltes Lager nicht abschrecken. Und richtige Bergsteiger wollten wir ja sein, wollten es erst noch werden: galt es doch morgen unsere erste Klettertour zu absolvieren! In acht Tagen ging es ja schon wieder fort von den heimatlichen Bergen, fort, in die Schule. Nur Arthur - ich war schon zuhause. Da hatten wir den Eltern schnell noch die Erlaubnis abgerungen, auf die Meilerhütte gehen zu dürfen. Viele Touren hatten wir schon gemacht. All die leichteren Berge rings um unseren schönen Ort gehörten schon uns. Aber nun wollten wir auch mal schwerere Touren unternehmen, wollten klettern, richtig klettern! Groß und alt genug waren wir nun wirklich. Mein Bruder dreizehn, ich fünfzehn. Was sollte uns da noch all der leichte Kram? Nein, das war nichts mehr für uns! Doch nun musste ich ja schlafen. Mein Bruder kletterte im Traume wohl schon auf der Dreitorspitze herum, und ein weiterer Schlafgenosse, ein junger Sachse, sägte bereits an einem zweiten Klafter Holz.

Au! Im Schlafe war ich mit dem Kopf an ein Tischbein gerollt und davon aufgewacht. Jetzt mochte ich nimmer schlafen. Leise stand ich auf und schlich ans Fenster. Nacht und Tag lagen in letztem erbitterten Ringen. Graue Schleier zerflatterten an Gipfeln und Wänden und am wolkenlosen Himmel erblassten die letzten Sternlein. Es muss ein herrlicher Tag werden, dachte ich mir, und schlüpfte in die Stiefel. Da stand auch das Sägewerk des Sachsen still, von dessen Ruhe auch mein Bruder erwachte. Fix waren wir fertig. Sonst blieb jedoch alles ruhig. Auch in der Küche rührte sich nichts. Das waren ja Siebenschläfer! Da wollten wir nicht auf warmen Kaffee warten, um dann mit der Herde laufen zu müssen. Nein! Jetzt gleich werden wir gehen, um noch allein zu sein am Berg, um als erste dem Gipfel „Guten Morgen" zu sagen.

Die Türe fiel hinter uns zu. Keck und tatenfroh wie das kalte Morgenlüfterl, das uns entgegensprang, tollten wir ein Stück das Kar hinab, um uns dann dem Hermann-von-Barth-Weg zuzuwenden. Schräg führte er am Plattach entlang, direkt zum Einstieg der Westlichen Dreitorspitze. Und nun ging's los! Wir konnten gar nicht schnell genug höher kommen. Aber - oh weh! Da kamen ja Drahtseile! Davon hat uns gar niemand erzählt. Das passte uns nun schon gar nicht! Aber weiter! Nach einer halben Stunde waren wir auf dem Gipfel. Unten sahen wir jetzt auch den Sachsen nachkommen. Wir aber waren so gar nicht zufrieden. Es war ja so leicht und wir wollten doch klettern und uns nicht an Drahtseilen hochziehen. Da müssen wir nun schon weiter. Vielleicht auf dem Grat zum Ostgipfel? Ja, das musste was werden! Also, auf geht's! Doch da meldete sich mir, zu tiefst im Herzen, ein feines Stimmlein: ihr habt den Eltern versprochen, nur den Westgipfel zu ersteigen, nichts weiter. Hm! Ja, das war richtig. Fest versprochen sogar! Aber nun waren wir schon da, es war die letzte heurige Tour, wer weiß, wann wir wieder hier heraufkommen - und es wird schon nichts passieren, wir sind ja sooo vorsichtig! Mein Bruder schien von Gewissensbissen nicht viel geplagt worden zu sein: er kletterte schon munter auf dem Grat dahin,

10

Richtung Ostgipfel. Ich hinterher. Jetzt wurde es erst fein! Das war etwas für unseren Geschmack. Messerschaf war die Schneide bisweilen. Herrlich, da so auf den Zehenspitzen drüber zu tänzeln. Rechts und links fielen himmelhoch die Wände hinunter und lustig flatterte mein blaues Kattunkleidchen im Winde. Türmchen und Zacken wechselten mit kleinen Wandstellen und es machte uns riesig Spaß. Schwer dünkte uns nichts. Behend und sicher turnten wir über alle Schwierigkeiten hinweg. Dass man auch hinunterfallen könnte, dass ein Fehltritt schon genügt hätte, die Himmelfahrt anzutreten, nein, so was kam uns gar nicht in den Sinn.

Eh' wir uns versahen, standen wir auf dem Ostgipfel. Ließen stolz den Blick umherschweifen und noch stolzer schrieben wir unsere Namen groß und steil ins Gipfelbuch. Mitleidig sahen wir hinunter zur Meilerhütte, die nun gar so klein zu unseren Füßen lag. - Guck mal, da ist auch der Sachse! Wacker ist er uns nachgestiegen. Wo wir hinunterwollen? „Direkt zur Meilerhütte", sagt mein Bruder kühn. Mir bleibt der Mund offen stehen. Nein, da mache ich nicht mehr mit! Diese Route, die schwieriger ist als die bisherige, die fast ausschließlich zum Aufstieg genommen wird, sollen wir im Abstieg machen? Sollen wir noch unfolgsamer werden? Freilich, kühn wär's schon! Ob ich es aber schaffe? Der Sachse möchte auch gern, aber nur, wenn wir mithalten. Allein ist es ihm doch zu gefährlich. Also dann zu dritt! Alle Zweifel und Einwände sind bei Seite geschoben worden. Los! Erst steigt mein Bruder allein voraus, um die Route auszukundschaften. Der Sachse und ich warten geduldig, bis sein „nachkommen" ertönt. Sieht's gut aus? Ja, glänzend! Wir steigen nach und schauen hinunter. Hm, so „glänzend" dünkt es mich nun wieder nicht. Verdammt steil sieht die Geschichte aus und ich kann so gar nicht recht sehen, wo ich da hintreten und mich halten soll. Aber mein Bruder ist schon bei der Sache und klettert hinunter ins Ungewisse. Leicht ist es gar nicht, aber es gefällt mir! Man muss schon tüchtig zupacken, sich fest halten und abwärts stemmen. Ja, wenn man schon Kletterschuhe hätte! Mit so gewöhnlichen Stiefeln hat man hier auf dem glatten Fels so gar keinen Halt. Und mit meinem Kleidchen bleibe ich auch allenthalben hängen. Aber wir schaffen es schon! Das wär ja gelacht! Und kecken Mutes klettern wir weiter. Doch halt, jetzt scheint es brenzlig zu werden! Drei neugierige Köpfe beugen sich vor, der Blick gleitet hinunter über ein 4 bis 5 Meter hohes, glattes, griffloses, jedoch etwas gebauchtes Wandl. Mir sagt diese Stelle nicht sehr zu und ich schaue nach einer anderen Möglichkeit. Mein Bruder jedoch scheint keine Hemmungen zu haben. Er legt sich glatt auf den Bauch, die Beine nach unten, die Arme nach oben - und lässt sich langsam über den Wanst hinuntergleiten. Unten kriegt er guten Stand. Der Sachse, nicht faul, macht's nach, bis er Stand findet auf seiner Schulter. Und ich erleichtere es mir noch wesentlicher - und klettere an den lebendigen Griffen und Tritten behände hinab. Und da sind wir wieder! Kecker Übermut lacht aus unseren Kinderaugen. Jetzt entdecken wir auch, dass es etwas links, über einen eingeklemmten Block ganz leicht gewesen wäre. Aber bestimmt nicht schöner

Drunten, vor der Meilerhütte, wird's jetzt lebendig: es ist der Reichswehr-Kletterkursus unter der bewährten Leitung des großen Meisters Emil Solleder. Jetzt haben sie uns entdeckt und schauen uns zu. Da lässt sich mein Bruder nicht lumpen. Jetzt dreht er auf! Wie ein leibhaftiges Gamsl flitzt er dahin, rutscht und springt, von einem Stein und Block zum anderen, in einem wahnsinnigen Tempo. Meine staunende Bewunderung wird allmählich zur Angst. Nein, wie frech er ist! Jetzt, wo wir die schwierigsten Stellen hinter uns haben, wo bis jetzt alles so gut geklappt, - jetzt wird er zum Schluss noch herunterfallen! Doch es geht gut. Schon ist er unten vor der Hütte, die Hände in den Hosentaschen, umringt von den Soldaten und blickt zu uns herauf. Aber wir sind auch nicht die Dümmsten. Wenn auch nicht so schnell, aber sicher landen wir wieder auf festem Boden.

Stolz blicke ich zurück. Was, diese steile Flanke sind wir herabgeklettert? Ich kriege ordentlich Respekt vor mir. Nun wollen die Soldaten aber auch wissen, wie alt wir sind. „Dreizehn und fünfzehn Jahre", wenn ihr so neugierig seid. Doch jetzt heißt es das versäumte Frühstück nachholen. Einen Wolfshunger haben wir mitgebracht von unserer ersten Klettertour, den die große Begeisterung so lange nicht zu Worte kommen ließ. Dann müssen wir scheiden. Ein Händedruck besiegelt die erste Bergkameradschaft: der Sachse steigt zum Reintal hinunter, wir aber wenden uns dem Berglental zu, um in die Leutasch abzusteigen.

Viele Jahre sind inzwischen vergangen. Diese Klettertour war die erste Perle an der großen Kette froher Fels- und Gipfelfahrten. Viele, viele haben sich noch angereiht, gesteigert von Schwierigkeit zu Schwierigkeit. So manche weitere Bergkameradschaft wurde inzwischen geschlossen, geschmiedet im gemeinsamen Kampf und zähen Ringen um den Berg. Nur hab ich die Stiefel mit schmiegsamen Kletterschuhen vertauscht und das blaue Waschkleidchen musste einer derben Hose Platz machen. Das kecke, jugendliche Draufgängertum ist besinnlichem Ernst gewichen, der die Gefahren der Berge jetzt kennt und sie mit Können und Mut zu meistern versucht. Aber eines ist gleich geblieben, eines hat sich nicht geändert im Laufe der Zeit - und das ist unsere heilige Begeisterung und unsere ewige Liebe zum Berg.

Erinnerungen

Der Frühjahrs-Hausputz und die Nordwand

Der Frühling steigt auch uns Hausfrauen ins Blut! Es ist ein Gefühl, dem man nicht widerstehen kann: Man greift nach Putztuch und Besen, um all die Ungeister, die da heißen Schmutz und Staub, mit Schwung aus dem Hause zu treiben. Jedenfalls muss etwas geschehen, und wenn es auch nur der alte große Garderobenschrank ist, dem man zu Leibe rückt. Diesmal muss ganze Arbeit gemacht werden! „Raus, nix wie raus mit all dem Zeug und weg damit, was nicht mehr gebraucht wird: Da ist schon ein Häuflein Kleidungsstücke sortiert, das kriegt die Caritas; die alten Bergstiefel (die Herren Söhne tragen ja heute bessere Stücke!) bekommt der Gärtner; der Rucksack, sturmzerfetzt, altmodisch, ohne Traggestell, könnte vielleicht unserem Holzhacker noch von Nutzen sein. Aber was ist denn das für ein Stück? Du lieber Himmel, das ist ja meine alte Berghose! Mit behutsamen Händen heb ich sie ans Licht des Tages. Auch sie ist „altmodisch" geworden, bei aller Liebe ist sie nicht mehr zu tragen! Der in Wind und Wetter morsch und spröd gewordene Stoff spiegelt alle Farben. Ja, und hier am rechten Hosenbein ist der ellenlange Riss aus der Solstein-Nordwand! Einen halben Tag hab ich damals hingeflickt am Solsteinhaus, um wieder einigermaßen „anständig" ins Tal zu kommen. Teifl, Teifl, die Solstein-Nordwand, das war eine Sache! Wie lang ist das jetzt her? Das war...? Ja, wozu existiert ein Tourenbuch? Und schon sitze ich am Boden, die alte Hose als Unterlage, mein Tourenbuch in der Hand. Vergessen ist das Stöbern, ich stecke schon mitten in der Nordwand und erlebe wieder alles mit, als sei es erst gestern gewesen - und nicht schon am 23. September 1935.
Das war gerade die „schöne" Zeit der Grenzsperre. Was soll ein Bergsteiger mit Grenzsperre, wenn ihm alle Berge

Heimat sind, auch die, die drüben stehen über der „Grenze". Welch ein Unding! Aber Schwierigkeiten sind da, um überwunden zu werden. So ging ich über die Grenze, wo keine Grenze ist, stieg mit einem Trumm Rucksack, dessen Inhalt für einen achttägigen Bergurlaub bestimmt war, auf die „Westliche", turnte übers Kirchlekar hinunter, marschierte hinaus nach Scharnitz, stieg hier in den Zug und fuhr nach Hochzirl. Etwas langsam war dann das Tempo nach dieser Tagestour noch hinauf zum Solsteinhaus und oben groß die Enttäuschung: Der Bergkamerad war nicht da, er hatte überraschend eine Führung im Stubai übernehmen müssen, sollte aber am nächsten Tag gegen Mittag zurück sein.

Über Nacht schlug das Wetter um, am nächsten Morgen lag dichter Nebel. Das waren schöne Aussichten! Gegen Mittag ging ich Franz ein Stück entgegen, verpasste ihn aber: Wie ich zurückkomme, sitzt er schon in der Küche an seinem Ofenplatz und isst gerade einen Pfannenkuchen. Er war gleich am frühen Morgen von Innsbruck über die Magdeburger Hütte heraufgelaufen, nicht über die Soln-Alm, wie ich vermutete.

Dann mache auch ich Mittag, bis Franz die Gabel weglegt und sagt: „Giahn mir's an?" Ich mache große Augen. „Was?" „No, die Nordwand halt, mögen S' nit?" Ja, mögen tu ich freilich, aber ich schiele besorgt nach dem Wetter. „Schaun mir halt mal ´nüber" meint Franz, „wie weit der Nebel über die Wand herunterhängt." Ich auf, hinein in die Hosen, die Patschen unter den Arm geklemmt - und dahin geht's! Der Franz verstaut Seil, Haken und Karabiner in seinem Rucksack und tut möglichst schnell, bevor der Vater kommt und der ganzen Aktion ein Ende macht. Die gute Mutter aber ist besorgt, denn das „Schauen" kennt sie schon.

Es ist jetzt 12.45 Uhr. Der Nebel hängt bis zum Boden, aber es regnet nicht. Franz denkt sich halt, wer weiß, wie das Wetter noch wird, mir stehen nur wenige Tage zur Verfügung, dann ziehe ich wieder ab, und aus unserem alten Plan ist wieder nichts geworden. So steigen wir ein Stück auf dem Weg zur Zirler Christenalm hinunter, um dann über Geröll zu dem Schneefeld unter der Wand hinüberzuqueren. Wir sehen „sie" nicht. Verhangen ist sie mit einem alle Geheimnisse verhüllenden Schleier. Aber sie ist da, wirklich und wahrhaftig, und hat uns bereits in ihren Bann geschlagen, denn es denkt keiner von uns mehr daran, umzukehren! Franz sucht und ist furchtbar wütend auf sich, denn er findet nicht gleich den Einstieg. Seine Ehre erweist sich aber als gerettet: Wie sich nachher herausstellt, ist der Schnee seit seiner letzten Besteigung um mindestens zwei Seillängen zurückgewichen. - Wir legen die Patschen an, seilen uns an, und ich verstaue unsere Stiefel im Rucksack, den ich zu tragen habe. Während Franz einsteigt, stelle ich ein feines „Nässeln" fest, nehme aber weiter keine Notiz davon. Und dann steige auch ich ein: Es ist genau 14.08 Uhr. Der untere Wandteil besteht aus großen Plattenschüssen. Der Fels ist glatt, aber wunderbar fest. In der ersten Begeisterung merken wir gar nicht, dass es leise angefangen hat zu regnen. Franz meint, wenn wir nur erst über den unteren schwierigen Wandteil hinaus sind, kann es ruhig anfangen. Aber es tut es jetzt schon, und zwar ausgiebig! Mir gefällt es ganz ausgezeichnet, ich finde die Kletterei nicht besonders schwer - ja, bis halt einer von den „damischen" Quergängen kommt, die ich von der Welt nicht ausstehen kann: eine abschüssige Platte, darauf ein griffloser Wulst, um den man sich herumschwindeln soll. Franz ist ja schnell drüben, ich aber murkse und murkse, kein Tritt und Griff ist mir sicher genug. Franz scheint mir nicht mehr zu trauen, er heißt mich warten, klettert ein Stück weiter, um mich besser halten zu können - im Falle des Falles! Und nun klappt die Sache natürlich. So geht es Seillänge um Seillänge, dazu regnet es in Strömen. Franz schlägt einen einzigen Haken, den ich schnell wieder herauskriege. Über die Wand laufen unzählige Bacherl, und wie wir jetzt unter einem Überhang durch müssen, fällt ein ausgewachsener Wasserfall auf uns nieder. Wir haben sowieso schon keinen trockenen Faden mehr am Leib. Es ist schon ein seltsames Gefühl, wenn einem das Wasser beim Ärmel hineinläuft, am Körper herunterrinnt und unten an der Hose wieder abfließt. Aber jetzt wird der Fels interessanter. Auch Franz strahlt und versichert, dass es ihm heute weitaus besser gefällt als das letzte mal bei schönem Wetter. Wir klettern gerade in einer schrägen Rinne hoch, das heißt in einem ganz ansehnlichen Wasserlauf, da rollt dicht über uns langgezogener Donner - und gleich darauf surren auch schon die ersten Steine herunter. Also Gewitter auch noch! Ich denke mir nicht viel dabei und bin sehr erstaunt, als Franz plötzlich ein ganz irrsinniges Tempo vorlegt, dem ich kaum zu folgen vermag. Nicht mehr schnell genug kann ich nachsteigen, er zieht mich förmlich hinauf! Zwei Seillängen über uns winkt ein Überhang, den er so schnell als möglich zu gewinnen sucht. In immer kürzeren Pausen grollt es aus der grauen, nebeligen Masse, und mit unheimlichem Pfeifen surren die Steine über uns hinweg. Nun sind wir unter dem schützenden „Dach". Franz schlägt einen Haken und bindet uns daran fest. Ich schmiege mich dicht an den Fels, stehend auf winzigen Tritten. Franz großes Entsetzen über das Gewitter verstehe ich jetzt, wie er mir erzählt: Er kennt die Wand, er hat wiederholt gesehen, wie ein Gewitter über sie niederging und der Steinschlag durch die Flanken fegte. Doch hier sind wir vorerst geborgen. Sehen von sicherem Platz hinaus in das Toben der Urgewalten und werden stumm.

Endlich ist es ruhiger um uns. Nur noch verhalten grollt ab und zu der Donner, und die Grüße von oben sind verstummt. Auch der Regen hat etwas nachgelassen. Also weiter! Schweigend arbeiten wir uns höher, jeder mit sich beschäftigt. Ich muss meine ganze Kraft zusammennehmen, um den gestellten Anforderungen gerecht zu werden. Längst fühle ich nicht mehr die nassen Kleider und die aufgeweichten, blutigen Hände. Die Wartezeit dort unten hat uns eine kostbare halbe Stunde verschlungen. Der Fels wird brüchiger. Jetzt folgt ein exponierter ausgesetzter Quergang. Nein, ich mag es nicht, dieses Hinüberschwinden auf zentimeterbreiten Leistchen und trügerischen Trittchen - dazu zwischen den Beinen die grausige Tiefe! Nein, ich mag nicht! Rechts davon werde ich hochklettern! Ist zwar ein Überhang, aber, wie mir scheint, gut griffig. Bald erkenne ich aber, dass ich „vom Regen in die Traufe" gekommen bin, und schwöre mir, in Zukunft folgsam Franz' „Pfaden" zu folgen. Verzweifelt ringe ich mit dem widerspenstigen Brocken. Mit der Linken in einen Griff verkrallt, spreize ich das rechte Bein bis in Kopfhöhe hinaus, das linke folgt nach. Mich legt es ganz hinaus, und schon fühle ich den ziehenden Schwerpunkt. Blitzschnell greift die Rechte um die Kante - ich bin wieder mal gerettet. „O Gott, wie büßt ich diesen Eigensinn" (Karl Stieler). Verstohlen blinzle ich zu Franz hinauf - aber er sieht großmütig über diese eigenmächtige Handlung hinweg. Bei meinem Bruder prasselt in solchen Fällen immer ein heilloses Donnerwetter auf mein „unschuldiges" Haupt hernieder. Erneut setzt jetzt der Regen ein. Franz klebt an einem ausgesetzten, brüchigen Wandstück. Gespannt sehe ich ihm zu und verfolge seine katzenartigen Bewegungen. Mir macht dann diese Stelle schwer zu schaffen. Tritt und Griff brechen mir aus, ich werde ganz unsicher. Dann folgt noch ein dicker Überhang mit viel, viel Wasser. Selbst Franz arbeitet lange daran herum, bis er ihn unterkriegt. Ratlos halte ich dann einen über Kopfhöhe liegenden Griff umfasst - sonst nirgends ein Halt. Aber um uns ist das Unwetter, vor uns die Nacht mit ihrer Kälte - da lasse ich alles Zaudern und Überlegen und ziehe mich mit dem letzten Aufgebot meiner Kräfte hoch. Nun steigt auch wieder meine Zuversicht, und frohen Mutes arbeite ich weiter. Da, ein arger Seufzer meiner Hose - ein fingerlanger Triangel klafft über dem Knie. Während ich diese luftige Öffnung notdürftig mit einer Sicherheitsnadel verschließe, fällt mir Trenkers Ausspruch ein: Eine zerrissene Hose ist ein Zeichen der Ungeschicklichkeit ihres Trägers. Trenker, ich möchte nicht wissen, wie viele Hosen du schon zerrissen hast!

Schrofiger wird jetzt die Wand, einzelne Dohlen streichen an uns vorbei, der Grat kann nicht mehr ferne sein. Es wird aber auch höchste Zeit, mit Schattenhänden greift die Nacht um sich. Schneller wird unser Tempo, wir gehen auch gleichzeitig. „Bald haben wir's", tröstet Franz, der auch ein Ende herbeizusehen scheint. Und jagenden Schrittes und fliegenden Atems stürmen wir hinaus auf den Grat und stehen in wenigen Minuten auf dem Gipfel. In festem Druck umschließen sich unsere Hände, und ein Lob kriege ich auch noch. Da bin ich restlos zufrieden. Franz verpflastert mir noch die blutenden Finger, stopft den nassen Seilknäuel in den Rucksack, und hinunter geht's zum schützenden Haus. Tiefe Nacht ist jetzt um uns, und mühsam erspüren wir unseren Steig. Unten haben sie jetzt wohl unsere Stimmen gehört, ein Jodler steigt zu uns herauf. Es ist die besorgte Mutter, die wohl sehr um uns gebangt hat bei diesem Unwetter. Der Abend ist recht gemütlich. Der gemauerte Ofen ist umkränzt von unserer gesamten Ausrüstung. Viel Hunger haben wir mitgebracht, und das Erzählen nimmt kein Ende. Der alte Tutzer-Vater aber in seinem Eck schüttelt immer wieder den Kopf und brummt vor sich hin: „Narren sein's!"

Nur langsam komme ich los von all diesen Erinnerungen. Ach ja, ich bin ja mitten unter dem Stöbern! Da liegt ja auch die alte Hose. Meine geliebte Berghose! Weggeben kann ich sie nicht, nützt ja doch keinem mehr. Heben wir sie halt wieder auf - und stöbern wir weiter!

Das Bergfeuer

Jedes Jahr, wenn's auf „Johanni" zugeht, fällt mir die Geschichte mit dem Bergfeuer ein: Vierzehn und sechzehn Jahre waren wir damals, mein Bruder und ich - und schon mit „Haut und Haaren" den Bergen verschrieben. Sonntag für Sonntag ging's hinauf in die Höh' - ganz gleich, ob die Sonne schien, oder ob es regnete. Leider nur am Sonntag! Die Woche über gab es nichts, da wurden wir schwer eingespannt in den elterlichen Betrieb.

Zu dieser Zeit erschien regelmäßig der „Oberinspektor" aus München, um bei uns seine Sommerfrische zu verbringen. Viel Humor hatte er, der alte Herr, und - in seiner Jugend selber ein begeisterter Bergsteiger - viel Verständnis für uns. Aber er hatte es auch darauf abgesehen, unserer Familie, wo es nur anging, böse Streiche zu spielen. So gelang es ihm, in unser Buchschaufenster einen Teller einzuschmuggeln, auf dem eine Wurst, ein „Kas" und ein „Radi" ein wundervolles Stilleben führten. Oder er nahm jedes Mal, wenn er an unserem Laden vorbeiging, einen von den ausgestellten Spazierstöcken mit - die wir dann nach seiner Abreise im Kleiderschrank entdeckten.

Aber was er sich mit mir erlaubte, das hab ich ihm lange nicht verziehen! Damals hatten wir grade die „sieben mageren Jahre". Und dabei hätten wir vieles so dringend nötig gehabt: ein Kletterseil fehlte uns noch, ein Eispickel, dann waren wieder die Bergstiefel kaputt, und so ging das weiter. Um zu Geld zu kommen, fing ich an, auf unserer Schreibmaschine Briefe für Kurgäste zu tippen. Und das Geschäft blühte, es kamen „tolle" Leute! Sogar ein Minister, der immer das benutzte Kohlepapier vernichtete und sich wunderte, dass die vielen und schwierigen Fremdwörter tatsächlich alle richtig geschrieben waren: „Weil wir Bayern halt so staad san" kommen die „andern" nicht so schnell drauf, dass wir doch nicht so dumm sind! Aber am schönsten war's, als Karl Wien seine Briefe diktierte, bevor er in den

Himalaja ging - aus dem er nimmer heimkehren sollte. Der unvergessliche Karl Wien! Nach dem Schreiben haben wir uns dann immer über die Berge unterhalten, und einmal musste ich ihm ganz genau die Route durch eine kleine Karwendelwand aufschreiben, von der wir die Drittbegehung hatten.

Aber ich wollte ja die Geschichte mit dem Bergfeuer erzählen! Es war klar, dass am Vortag von „Johanni" ein Bergfeuer gemacht werden musste, schon deshalb, weil man dann auch unter der Woche mal auf einen Berg kam. Aber wer sich das nun so vorstellt, dass man da mittags mit seiner Arbeit aufhört, in aller Ruhe die Rucksäcke packt und dann gemütlich losmarschiert - der irrt! Nein, das ist ganz anders! Erst musste man überhaupt die elterliche Erlaubnis haben, was nur mit den raffiniertesten Verhandlungsmethoden zu erreichen war. Dann musste man nicht nur bis zur letzten Minute arbeiten, genau wie sonst auch, nein, wie Hagel prasselte es an solchen Tagen auf uns nieder, was alles noch getan und erledigt werden sollte. Aber man tat alles gern, wenn man nur „hinauf" kam!

Endlich war es so weit! Schnell hinein in die „Kluft", Essen ließ man ausfallen - und die Rucksäcke her! In weiser Voraussicht waren die Benzinkanister und die Fackeln für den Abstieg schon seit Tagen beschafft - also nur noch kunstgerecht verstauen! Brrr! Das Telefon! Auch das noch! „Ob das Fräulein, das Briefe schreibt, zu sprechen sei." Auf dieses widerliche Gesäusel (na ja, Sie kennen den Akzent schon!) konnte man nur etwas brummen, was ungefähr hieß, dass man höchstpersönlich am Apparat sei. „Hören Sie mal, ich habe hier eine Sache, eine ganz dringende." Ich „Das geht leider nicht, erst morgen." „Aber Fräulein, seien Sie doch vernünftig, ich sagte Ihnen doch, es ist ganz dringend, der Brief muss sofort geschrieben werden, ja?" - Ich: „Das geht nicht, weil ich verreise!" - „Was sagen Sie, habe ich recht gehört, ver-rei-sen wollen Sie?" - „Jawohl, verreisen!"

Ich konnte dem damischen Kerl doch nicht sagen, dass wir ein Feuer machen müssen! So einer versteht das doch nicht! So ein Mensch hat doch keine Ahnung, was es heißt, in einen verklingenden Abend hineinzusteigen, zu sehen wie die Welt dort unten immer mehr in Schatten und Dunst versinkt, während man selbst noch umkost ist vom letzten Leuchten. Zu sehen, wie ein Stern nach dem anderen erglüht, wie allmählich alles entrückt und unwirklich wird. Zu erleben dann die Vorbereitungen mit dem Feuer, die ersten züngelnden Flammen bis zur großen Lohe, zu spüren - ach was, nichts versteht so ein Mensch, rein gar nichts! „Aber so hören Sie doch Fräulein", ging es weiter, „so verschieben Sie eben Ihre Reise, der Brief muss heute noch geschrieben werden!" - Da drehte sich mir der Magen um: Das war doch ein starkes Stück! Zitternd und bebend vor Wut und Aufregung warf ich den Hörer auf die Gabel - darauf war nichts mehr zu antworten!

Jetzt gab es nur noch eines: fort, nichts wie fort, so schnell als möglich, bevor der Kerl auch noch ins Haus kommt! Meine Bergstiefel her - wo sind meine Stie-iefel!! Endlich! Ich fahre hinein, immer noch schimpfend, verd..., nun reißt auch noch das Schuhbandl - da geht die Tür auf, und herein kommt der Oberinspektor in seiner ganzen seelischen Ausgeglichenheit! Oh, ein Mensch, endlich ein vernünftiger Mensch, der einen versteht! „Herr Oberinspektor, stellen Sie sich vor, was passiert ist, so ein Kerl, so ein unverschämter, so ein ganz ausg'schamter, so ein..." Ich fand keine Worte mehr „Müssen' hat er gesagt, müssen! So eine Frechheit, so eine Gemeinheit, so eine..." ich war so empört und so erregt, außerdem mit dem Zuschnüren meiner Stiefel beschäftigt - sonst hätte ich sehen müssen, dass der alte Herr keineswegs teilnahmsvoll schien, sondern äußerst amüsiert und belustigt, schmunzelnd, weil ihm wieder einer seiner Streiche restlos gelungen ist.

Und dann stapften wir zu Berg. Langsam hat sich auch das aufgewühlte Gemüt wieder beruhigt, und wie erst unser

Feuer loderte, war alles vergessen: es war eines der größten und schönsten reihum, in großen Garben sprühten die Funken hinunter ins nordseitige Schneekar, und wir saßen selig dabei, bis die letzte Glut verglommen war.

Das Abenteuer am Kinderwaglweg

Es ist wohl eine der ersten, vor allem aber auch die
schwerwiegendste Lebenserfahrung die ein junger Mensch
macht: es gibt nicht immer nur ein Aufwärtsstürmen, ein
immer „noch Höher hinaus" - es gibt auch Stillstand, ein
Zurück und es gibt auch ein Ende.

Da waren die ersten harmlosen Bergfahrten, dann die ersten leichten Klettertouren, dann der nächste Schwierig-
keitsgrad, dann noch schwieriger; eine Leiter des Erfolgs,
immer höher hinauf - und dann schien mit einemmal alles
zu Ende zu sein: Mitten hinein in einen leuchtenden Som-
mertag drang die Kunde vom tödlichen Absturz des lang-
jährigen Bergkameraden.

Das durfte nicht sein! Man wollte doch noch so viele Klettertouren machen, das Programm für den Sommer stand
schon fest! Warum nun das? - es war nicht zu begreifen!
Auf einmal empfand man die Berge als grausam, sie haben
ein Menschenleben genommen. Nun war alles Planen zer-
stört, dahin der Traum vom Durchklettern so mancher
Wand - alles vorbei!

So ein Schock in früher Jugend muss verarbeitet werden.
Ich mied die Berge. Ich schaute nicht mehr hinauf - verwandelt schien der Fels, kalt und abweisend.

Nach Wochen kam ein Anruf von Münchner Freunden, mit
ihnen den Gerber-Südwestgrat zu machen. War meine
Lieblingstour, einzelne Etappen konnte ich schon selbständig führen. Aber ich wollte nicht. Klettern war für mich vorbei! Aber ich könnte ihnen doch ihre 2 Paar Stiefel zum
Gerber-Gipfel bringen, meinten sie, über den Grat von der
„Westlichen" herüber. Ja, darauf könnte man sich einlas-
sen, das war keine Kletterei, das war ein „Kinderwaglweg" -
so hießen bei uns damals leichte Gipfel oder leichte Grat-
wanderungen, sozusagen ein Weg, wo man einen Kinder-
wagen vor sich herschieben konnte. - Also gut. In aller Frü-
he stiegen wir an einem Sonntag hinauf zur Mittenwalder

Hütte. Ich begleitete die beiden Freunde hinüber zum Lindenkopf, verstaute die 2 Paar „tricounibenagelten" Bergstiefel in meinem Rucksack, ging wieder zurück zur Mittenwalder Hütte, stieg hinauf zur „Westlichen", bzw. bis zur Karwendelgrube, um dann den Grat zu machen zum Gerber.

In heutiger Zeit mit heutiger moderner Ausrüstung erscheint so ein Unterfangen kurios, aber in den 20er Jahren gab es da doch einige Probleme: man ging mit den „Genagelten" bis zum Einstieg und zog dann die „manchonbesohlten" Kletterschuhe an. Mit den schweren Stiefeln war das Klettern nicht immer ein reines Vergnügen und es gab immer wieder Stellen, wo man den sperrigen Rucksack „zum Teufel wünschte".

Allein, still und versonnen befand ich mich auf dem Grat. Dann kam die leichte Kletterstelle, wo man in die Westseite ausweichen muss, auf einem schmalen Band, einige Meter abwärts. In Hocke stemmt man sich hinunter in eine kleine Scharte und befindet sich wieder auf dem Grat. Aber was war denn heute los? Haben sich denn sämtliche Griffe und Tritte verschoben? Nichts stimmte mehr! Ich war irritiert. Hilflos saß ich da und suchte verzweifelt nach einem Halt. Nun hatte sich auch noch der sperrige Rucksack verheddert - ich saß in der Klemme! Immer wieder versuchte ich, ihn frei zu bekommen - vergebens! Er drängte mich mehr und mehr nach außen - entsetzt starrte ich hinunter in die gähnende Tiefe. Ein Blick auf die Uhr - um Himmelswillen, das ist ja Franz's Todesstunde, genau um diese Zeit ist er abgestürzt - und nun stürze auch ich - eine panische Angst erfasst mich - HIIIILFEE!! - fast unbewusst entrang sich mir der gellende Schrei. - Nur wenige Sekunden später tauchten einige Meter unter mir - wie aus dem Boden geschossen - zwei Männer mit entblößten Oberkörpern auf, entsetzt zu mir heraufstarrend, um dann wütend auf mich loszuschimpfen: „Sie damisches Frauenzimmer, sie haben hier doch nichts zu suchen, bleiben sie doch unten, wenn sie nicht klettern können!" Anstalten mir zu helfen, machten sie jedoch nicht. War auch nicht mehr nötig! Der bloße Anblick von zwei menschlichen Wesen hat mich wieder beruhigt, der Spuk war verschwunden! Der Rucksack ließ sich lösen aus der Verklemmung, direkt vor mir ein sicherer Griff, ich ließ mich hinunter und stand in der kleinen Scharte. - Die beiden Männer sagten kein Wort mehr, sie hatten ihren Rastplatz wieder aufgesucht, nur wenige Meter unter meiner Kletterstelle, aber um die Ecke, sodass wir uns gegenseitig nicht sehen konnten. Ich sagte auch nichts, setzte jetzt, ruhig und gelassen meinen Weg fort zum Gerbergipfel, wo mich die Freunde stürmisch begrüßten. Nach kurzer Rast ging's gemeinsam über die Lindlahnreisse zu Tal.

Dieses „Abenteuer" hat mich noch lange bewegt. Vor allem auch über das befremdende Verhalten der beiden Bergsteiger machte ich mir meine Gedanken. Warum halfen sie nicht? Warum schimpften sie nur? Schließlich fand ich die Erklärung: die zwei nutzten den herrlichen Tag, ein ausgiebiges Sonnenbad zu nehmen, waren vermutlich eingedöst und dann zutiefst erschrocken, wie sie dieser gellende Schrei aus nächster Nähe aus ihren Träumen riss - sie mussten sich mit dieser Schimpfkanonade „abreagieren"!

Eine Ski-Abfahrt vom Kranzberg im Jahr 1929

Anfang Januar war's. Eine Menge Schnee hatte es hergeworfen, Mittenwald war eingemummt in Watte. Wir freuten uns, endlich unsere Brettel anschnallen zu können - jetzt waren wir nimmer zu halten - die Kathi, die Vefi und ich - „der Kranzberg rief" - also auf! Damals gab es ja noch keinen Lift. Wir schulterten die Brettel und schnauften hinauf die Stufen zum Kalvarienberg. Eineinhalb Stunden würden wir heute gut brauchen, bis zum Kranzberg Haus. Schon hier wurde uns bewusst, dass wir diese Schneemenge unterschätzt hatten. Nichts war geräumt, es gab nur diese schmale Tretspur, in der man bis zu den Knien versank. So verging uns heute das Ratschen, jeder war mit sich beschäftigt, den richtigen Tritt zu finden und das Gleichgewicht zu halten. Wahrlich eine mühsame Hatscherei! Froh waren wir, als endlich das Kranzberghaus in Sicht kam. Aber nirgends war etwas zu sehen von Skispuren - wie würden wir da wohl wieder herunterkommen? Als wir näher kamen, sahen wir vor dem Haus eine Menge Skier stehen, wir jubelten auf, welch ein Glück, nun waren wir gerettet. Wir beschlossen, eine kleine Rast zu machen und erst einige abfahren zu lassen, dann würden wir das schon schaffen.
Wir klopften den Schnee ab und traten ein. Die Stube war voller Mannder, grad, dass wir noch ein Platzerl gefunden haben. Man nahm keine Notiz von uns, das kannten wir schon, die meinten wohl, Skifahren sei nur Männersache. Aber da sollten sie sich getäuscht haben! Wir waren uns einig, verständigten uns mit Blinzeln, was hieß: wir bleiben hier sitzen, bis auch der letzte von diesen Lackeln abgefahren ist, die sollen uns nur a g'scheite Spur machen! Aber bald stellten wir fest, dass die ja gar nicht an Aufbruch denken. Sie hockten da, als wären sie gar nicht zum Skifahren heraufgekommen, sondern zum Hoargat'n. Wieder bestellte einer eine Halbe! Wir saßen wie auf Kohlen. Es war ja nicht

Sonntag, wir mussten heim, die Vefi und ich in den Laden und die Kathi in den Stall. Die Zeit verrann, wir wurden nervös. „Ja gibt's denn so was aa, kommt denn von dene koaner auf die Idee, für uns eine Spur zu legen!" Uns blieb nun nichts anderes übrig als zu starten, wir mussten heim! „Hundling san's", dachte wohl noch jede, dann brachen wir auf. Stapften noch hinauf zum Gipfel, schnallten unsere Ski an und stürzten uns hinein in die weiße Masse. War gar nicht so schlecht, wir suchten uns auch gleich einen Steilhang aus, Als es aber dann flacher wurde, blieben wir fast stecken. Wir schoben den Schnee vor uns her, er staute sich, wir hatten die größte Mühe, hinunterzukommen. Immer wieder schauten wir zurück, nun müssten sie doch endlich kommen, aber wir täuschten uns. Die ließen uns wohlweislich einen großen Vorsprung, damit sie nur ja nicht spuren müssen! So hatten wir uns fast bis zum Buchenwald durchgekämpft, als die wilde Horde endlich herangebraust kam. „Fahrt's nur zua", ihr Hammel.

Jetzt lassen wir uns Zeit, jetzt werden wir es auskosten, eine Spur zu haben und endlich so richtig loszischen zu können! Pfundig war's! Grad so g'staubt hat's! Paradiesisch bot sich der Gröblalm-Hang dar. Und schon sausten wir hinaus auf die Straße. Die Abfahrt ging weiter, es gab ja noch keine Autos, höchstens mal einen Ochsenschlitten, „a Schloapf", wie man sagte. Wir freuten uns auf den Schlusshang: nach dem „Hexenhäusl" war ein Loch im Zaun, man fuhr hinaus auf den Hang und konnte nun auch noch einige Stemmbögen anbringen und landete in der Goethestraße. Immer noch nicht war unsere Fahrt zu Ende - damals war es noch möglich - jetzt kam der Langlauf bis vor die Haustür! Wenn das eine Wonne war! Jedenfalls kein Problem, das ging alles mit den gleichen Stiefeln und den gleichen Bretteln. Glücklich haben wir uns getrennt - „aba dene wern ma's no zoag'n" - hamma g'sagt - wir drei, die Kathi, die Vefi und ich.

Vorgeschichte zur Geschichte „Die Aussteigerin"

Ich war 20 Jahre alt. Hatte schon 6 Arbeitsjahre in unserer Firma hinter mir. Ich war sehr fleißig, die Arbeit machte mir Freude. Aber es ging sehr streng her bei uns, außer dem Sonntag gab es keine Freizeit, auch keinen Urlaub. Die Sonntage aber genoss ich ausschließlich auf den Bergen, Sommer wie Winter, oft war ich alleine unterwegs, oder auch mit meinem Bruder Arthur und gemeinsamen Freunden.

Auf einmal aber hat es „mich gepackt"! Mir wurde es zu eng, ich wollte hinaus, wollte was anderes sehen und wollte eine andere Arbeit. Aber was würde Vater dazu sagen? Endlich rückte ich mit der Sprache heraus, schon wissend, dass es ein Donnerwetter geben wird und dass man mich wieder mal für verrückt erklärt. Aber - nichts dergleichen! Ich war platt! Das war eine neue Masche! Ja - und zum Schluss sagte Vater gar noch: „Wenn du unbedingt weg willst, dann geh nur"!

Gut, dann geh ich! Ich suchte eine Tätigkeit, wo ich immer in den Bergen leben konnte, nicht nur am Sonntag. In der „Tiroler Bergsteigerzeitung" gab ich ein diesbezügliches Inserat auf, es schwebte mir so etwas wie eine Hüttenwirtin vor!

Es kam nur ein einziges Angebot - und - wie mir schien, war das gar keine richtige Berghütte. Aber, auf alle Fälle wollte ich mir das mal ansehen. Der Brief war aus St. Sigmund im Sellraintal, war ja nicht weit, da konnte ich mit dem Radl hinfahren - es war Mitte September, das Wetter noch schön...

Die Aussteigerin

Gesagt hab ich nichts von diesem Vorhaben. Ehe ich mich aber um 5 Uhr früh aus dem Haus schlich, hab ich zur Beruhigung meiner Mutter doch noch einen Zettel auf den Küchentisch gelegt: „Bin ins Sellraintal, am Abend wieder zurück". Voller Tatendrang besteige ich mein altes Radl - es wird ein herrliches Abenteuer werden! Endlich mal raus - und dies mitten unter der Woche, was war das doch für eine einmalige Idee! Und schönes Wetter, keine Wolke am Himmel, nur noch ziemlich frisch. Ich fahre durch die Leutasch, das scheint mir doch näher als über den Zirler Berg. Bis Buchen geht alles glatt, aber jetzt wird's brenzlig. Damals gab es noch keine Straße, nur einen Weg, bzw. es war ein besserer Graben, zerfurcht von Muren. Fahren geht da nicht mehr, zuweilen muss ich das Rad auch noch tragen, wenn größere Hindernisse kommen. Das kostet mir nun doch eine Menge Zeit. Jedenfalls - zurück will ich da nicht mehr, da kommt nur der Zirler Berg in Frage. Wie atme ich auf, als ich im unteren Drittel das kleine Straßerl erreiche, das von Mösern herunter kommt. Endlich kann ich wieder „mein Roß besteigen", voll Übermut brause ich los, nicht daran denkend, dass in Tirol links gefahren wird! Mit Tempo komme ich um eine Kurve - und sehe mich einem Ochsenfuhrwerk gegenüber! Ich erfasse schlagartig: rechts vorbei komme ich nicht, auf die andere Straßenseite auch nicht mehr, ich habe nur eine Lösung, rechts auf den grasigen, aber mit Steinen durchsetzten Hang hinaufzusteuern - was ich auch tat.

Das Folgende spielt sich in Sekunden ab: ein Hechtsprung - ein Überschlag - ein wuchtiger Aufprall und der Gedanke - nun ist alles aus. War es aber nicht! Ein langsames Hochrappeln - und mit Erstaunen stelle ich fest, dass mir nichts passiert ist, kaum einige Schürfungen. Aber - Wo ist mein Radl? Wenige Meter unter mir - nun das zweite Wunder! -

auch dieses blieb heil! „Schutzengel gehabt", kann man da nur sagen.

Mit wesentlich gedämpfterem Tempo geht's nun vollends hinunter ins Inntal, ich sehe schon Telfs, nun vor bis Zirl, über die Innbrücke und hinein ins Sellraintal.

Doch erst noch eine kurze Rast. Ein junger Bursch kommt auf mich zu, macht auch grade Rast, fragt mich, woher ich komme und wohin ich fahre. „Soso, ins Sellraintal". Er macht ein besorgtes Gesicht und erzählt mir, dass das Sellraintal für Radler gar nicht ungefährlich ist, die Straße sei schmal, die Mellach macht ein solches Getöse, dass man nicht hört, wenn ein Auto kommt und erst letzte Woche sei ein Freund von ihm dort mit dem Rad schwer verunglückt. Das kann ja heiter werden! Es stellt sich aber alles viel harmloser heraus - nur, es steigt halt ständig, zum Fahren komme ich wenig, ich schiebe und schiebe. Ich fiebere nun meinem Ziel entgegen und so langsam kommt mir zum Bewusstsein, dass ich mir da zu viel vorgenommen habe - diese Tour habe ich unterschätzt. Endlich kommt die Kirche von Gries in Sicht - ich traue meinen Augen kaum - steht da doch ein Postwagen nach St. Sigmund, ein offenes Auto, zwar schon voll - trotzdem rase ich drauf los! Gottseidank, man kann mich noch mitnehmen, ein Platz ist grade noch frei! Der Fahrer quetscht mich zwischen einen alten Bauern und einen jungen Mann - sehr vornehm aussehend - wie ich mit flüchtigem Seitenblick feststelle - das Radl wird auch noch aufgeladen - und dahin geht's! War das ein Massl! Ich bin restlos glücklich! Viel blieb mir erspart, ich hätte nur noch schieben müssen. Jetzt genoss ich erst so richtig meine abenteuerliche Reise, ich fühlte mich frei wie der Vogel in der Luft - und so benahm ich mich denn auch. Auf dem Schoß hatte ich meinen Rucksack - einen ganzen Rucksack voller Birnen - bis obenhin - und noch dazu völlig gratis! - vorhin aufgeklaubt unter einem Baum. Das wird jetzt ein Fest! Mit wahrer Wollust schmatze ich eine Birne nach der anderen hinunter - und die Butzen? - die werfe ich zum Auto hinaus, jeweils knapp an der Nase meines vornehmen Nachbarn vorbei - auch einen nach dem anderen! Ich bin mir vollkommen dieser Ungezogenheit bewusst - (was mag sich der wohl denken??) - aber das ist mir heute völlig egal - das ist mein Tag heute, da kann ich tun was ich will. In St. Sigmund angekommen, lasse ich mir Zeit, ich muss doch erst einen kleinen Überblick gewinnen „über meinen neuen Wirkungskreis". Hübsch sieht alles aus, die Kirche, der Pfarrhof, das Wirtshaus, die niederen Bauernhäuser. Und das alles vor der Kulisse des Waldes und den ernsten Kühtaier Bergen. Ich zieh den Brief heraus, schau noch mal auf die Adresse frag einen Bauern: „Glei da drüben ischt er". Hm, ein nettes Haus, also keine Hütte! Ich läute - ein eisiger Schreck durchfährt mich - vor mir steht mein Autonachbar, der nette junge Mann, dem ich die...

Nur mühsam bewahre ich Haltung, stottere dann mein Sprüchlein herunter, ich käme wegen der angebotenen Stelle - gewinne dann aber schnell wieder etwas Sicherheit, weil ich merke, dass auch mein Gegenüber total verunsichert ist. Fürwahr - eine blöde Situation! Dümmer hätte es wirklich nicht gehen können!

Jedenfalls - der junge Mann - Georg Freiherr von Iherung - Immer wieder tauchte in späteren Jahren dieser Name auf, meist in Fach-Zeitschriften - der Mann war Kinderbuchautor! (so stand es auf dem Türschild) - zeigte mir nun das Haus, erzählte, dass er es als ziemlich heruntergekommen gekauft hat, dann renoviert, sei erst kurz fertig geworden. Er möchte einige Zimmer vermieten, bekäme auch viel Besuch und für all das brauche er eine Hilfe, also putzen, waschen, kochen..... „putzen - waschen - kochen, putzen - waschen - kochen" geht es mir pausenlos durch den Kopf - zum Kuckuck noch mal, das waren ja grade die Dinge, mit denen ich nicht aufwarten konnte! Langsam dämmerte mir, dass ich da an der falschen Adresse war. Das ist nichts für mich. Was weiter gesprochen wurde, weiß ich nicht mehr, ich weiß nur noch, dass ich von einem einzigen Gedanken beseelt war - so schnell wie möglich wieder fort!

Wie atmete ich auf, als ich wieder auf meinem Radl saß und talaus fuhr, jetzt ging es fast ohne zu strampeln. In meinem Hirnkastl aber hat sich einiges bewegt, viel hatte ich zu überdenken. Das hat mich etwas abgelenkt von den Strapazen der Fahrt, lang hat es sich hingezogen und spät war es schon, bis ich ins Inntal kam. Aber jetzt hieß es noch, den Zirler Berg hinaufschieben, volle zwei Stunden! Ich tippelte und tippelte und schob und schob und schnaufte. Mein Tempo wurde immer langsamer. Es fing an zu dämmern, Nebel fiel ein. Keine Seele weit und breit, auch keine Fahrzeuge - nichts! Bin ich denn der einzige Mensch auf der Welt? Nun muss doch bald die Höhe erreicht sein, dann könnte ich wieder aufsitzen. Nimmt denn dieser Berg gar kein Ende mehr? Doch - was ist das? Dort oben - auf der Planke - da sitzt doch einer regungslos - scheint zu warten - ein Radl hat er auch dabei - lang und dünn ist er - aber der Hut! Den kenn ich doch !! Den gibt es nur einmal - Mensch Meier, das ist ja mein Bruder Arthur! Nein, so was! Ist er mir glatt entgegengefahren! Ich hätte ihn umarmen können! - Ich war wieder zuhause!! Nun war alles gut. Schweigend fuhren wir heim. Jetzt galt es nur noch - Was werden sie zuhause sagen? Aber - merkwürdigerweise - die übliche Fragerei blieb aus! Mir kann's nur recht sein. Ob ich denn nichts mehr essen wollte? Nein! Essen will ich nichts - bin noch satt von den Birnen. Und überhaupt - alles tut mir weh! Am besten - ich geh ins Bett.

Drei Tage in den winterlichen Bergen
30./31. Oktober und 1. November 1932

Ein Sommer und ein Herbst war dahin. Und was brachten mir die beiden in meinen Bergen? Sehr wenig heuer. Der Sommer begann mit viel, viel Regen, dann war Arbeit da, und wie endlich einige schöne Herbsttage kamen, machte sich der ewige Mangel an Tourengefährten wieder mal schmerzlich bemerkbar. Und so zog auch der Herbst aus dem Land. Nahm mit die buntfarbigen Blätter der Bäume, nahm mit alle Wärme und alles Leben - aber ließ zurück das große Sehnen nach den freien Gipfeln, die auch er nicht stillen konnte.

Da schenkte mir ein glücklicher Zufall eine Tourengefährtin. Und nun sollte es doch noch einmal in die Berge gehen - aber diesmal waren die Kletterschuhe pensioniert und dafür ging der Pickel mit: hatten die Berge doch schon ihr winterliches Kleid übergezogen und Firn und Eis redeten schon die Sprache des Winters.

So entstiegen wir denn am 30. Oktober morgens 9.00 Uhr dem Zuge, der uns nach Gießenbach gebracht. Ein herbes Lüftchen umstrich uns, während wir dem rauschenden Bach entlang hinauf zur Eppzirlalm wanderten. Nach einer Stunde bogen wir ab vom Bache und schon grüßten die dolomitartigen Freiungspitzen durch die entlaubten Wipfel der Bäume, und nach einer weiteren Stunde betraten wir das einladende Almgasthaus. Um 1 Uhr wandten wir uns dem großen Kar zu, welches von der Erlscharte herabzieht. Erst durchstapften wir den tiefverschneiten Latschenhang, dann zogen wir unsere Spur in kurzen Serpentinen hinauf zur Scharte (2093 m, 2 Std). Oben empfing uns ein schneidender Wind. So verweilten wir denn nicht lange und eilten im Sturmschritt, teilweise mit dem Pickel abfahrend, hinunter zum Solsteinhaus (1804 m).

Inzwischen war es 16.00 Uhr geworden. Wir ließen nun unsere Rucksäcke zurück, stülpten Mütze und Handschuhe über, den Pickel zur Hand und nun auf - zur Erlspitze. Den Latschenhang nahmen wir im Sturm. Dann kamen vereiste Felsstufen und weiter oben querten wir steile Schneehänge. Fest und sicher war der Schnee und wir beeilten uns, noch vor Eintritt der Dunkelheit auf den Gipfel zu kommen, um noch ein wenig die Aussicht betrachten zu können. Wenige Schritte unterhalb bestaunten wir die „Gipfelstürmernadel", ein gigantisches Felsgebilde, gleich den berühmten Türmen der Dolomiten. Während wir uns auf dem Gipfel (2407 m) die Hände drückten, sanken die Schleier der Dämmerung hernieder auf die einsame Gipfelwelt. Drüben am westlichen Horizont flammte es in roten und grünlichen Lichtern und uns umkoste ein sanftes Schneien. Langsam wandten wir uns talwärts. Inzwischen war es ganz dunkel geworden und immer dichter fielen die Flocken. Wie die Luchse suchten unsere Augen das Dunkel zu durchdringen, unsere Aufstiegsspur wieder zu finden. Und es gelang. Weiter unten kamen wir wohl etwas von unserer Route ab und traten neue Spuren. Aber das traute Licht der Hütte sprang uns entgegen und bald darauf saßen wir im traulichen Stübchen beim wärmenden Ofen und ließen es uns gut schmecken. Unsere von Schnee und Wind geröteten Wangen färbten sich bei einem „Viertele" Glühwein noch einen Ton dunkler und der tapfere Tutzer Franzl erzählte uns dazu, was sich im Gebiete der Hütte den Sommer über alles ereignet hat, und wie er so manchen bedrängten Menschen aus Bergnot gerettet. Mit der richtigen Bettschwere suchten wir gegen 22 Uhr unsere Lager auf.

Als ich am anderen Morgen erwachte, lag schon der helle Tag auf den Dielen und ein Blick zum Fenster zeigte mir verschneite Scheiben. Sollte es ... Ja, es hatte noch geschneit über Nacht, aber jetzt blaute der Himmel über den Firngraten, von denen sich weiße Schneefähnchen emporschwangen ins Weite. Nach einem fast allzu reichlichen Frühstück meinerseits, traten wir fest eingemummt um

9 Uhr hinaus in den Winter: dem großen Solstein (2542 m), der mir von einer Sommerbesteigung nicht mehr unbekannt war, wollten wir heute einen winterlichen Besuch abstatten.

Anfangs führten uns noch die roten Markierungen, die wie Fliegenpilze aus dem Schnee hervorlugten. Doch schon nach einer halben Stunde verkrochen sie sich im Schnee und nun ging's auf eigene Faust weiter. Und da ja die Berge im Winter wieder ganz anders aussehen als im Sommer merkte ich schließlich, dass wir zu weit nach rechts gekommen waren. Doch bange machen gilt nicht! Nun geht's eben gerade hinauf, ob Weg oder nicht. Vor 20, 30 Jahren gab es auch noch keine Wege und große Bewunderung für die Erstersteiger empfand ich, die sich mit Einsatz ihrer ganzen Persönlichkeit den Weg zum Gipfel erkämpften.
Bis zu den Knien wateten wir im frischen Schnee und arbeiteten und wühlten uns wie die Maulwürfe empor durch die tiefverschneiten Latschen, die ihre Last in unsere Ärmel und Kragen zu schütten versuchten. Zwei Stunden ging's so empor. Dabei ergingen wir uns philosophischen Betrachtungen zwischen einem Latschenhang und einem Gummiband, die sich beide in die Länge ziehen. Endlich winkte ein vom Grat herunterziehender breiter Graben. Mit einem Seufzer der Erleichterung entkrochen wir den boshaften Latschen und schüttelten den Schnee von Jacken und Hosen. Nach Querung des Grabens gewannen wir am freien Hang im festgewehten Schnee rasch an Höhe. Jetzt erst merkten wir, dass das Antlitz des heute morgen so strahlenden Tages schon düstere Falten zu ziehen begann. Genau wie bei manchen Menschen: eben waren sie noch lustig und heiter und schon entladen sie Grimm und Groll auf ihre verdutzt drein schauende Umgebung. Vom Tal herauf drang harmonisches Geläute, Glocken, die den Festtag Allerheiligen einzuläuten begannen und die ziehenden Nebel schwangen sich dazu wie Weihrauchwolken empor zum höchsten Dome. Und wenn dann und wann die wallenden

Schleier zerrissen, grüßten stolze Firnhäupter aus dem Ötztal und Stubai herüber.

Je höher wir kamen, desto eisiger wurde der Wind. Der pulverig gefrorene Schnee sprang auf die mutwilligen Kinder und da wir die Mützen tief über die Ohren gezogen hatten, beglückte er nur unsere blauroten Nasen. Nach fast 4 Stunden betraten wir den Gipfel, der heute nicht zu besinnlicher Rast einlud. Südwärts ging's dann weiter über den überwächteten Grat, in welchen wir unsere Pickel bis zur Haue einrammen konnten. Dann standen wir unten am Scheidewege. Vor uns lockte und winkte der kleine Solstein, stolz und unnahbar heute, mit seinen Eis- und Schneepanzern. Die Sonne drang jetzt wieder durch die Wolken und umspielte sein firngekröntes Haupt. Da konnten wir nicht länger widerstehen. Versuchen konnte man es ja. Also los! Erst schräg einen Hang hinauf, bis uns eine Wächte den Weiterweg sperrte. Einige Pickelschläge - Bahn frei! Wenige Meter hinunter in eine Rinne und drüben über vereiste Felsen wieder hinauf. Viel Zeit kostete uns dann ein langes Band, das sich weit hinauszog. Meine Gefährtin ging voran, trat Stufen in den Schnee und machte die Geschichte „gangbar". Mein Nachkommen war dann nur leichtes Spiel, doch mussten wir äußerste Vorsicht walten lassen. So hatten wir nicht gemerkt, dass wir schon wieder inmitten des Nebels staken und große Flocken uns umwirbelten. Ein Blick auf die Uhr: 14.00 Uhr. Lange Gesichter! Wir rechneten: mindestens noch eine Stunde auf den Gipfel, 15.00 Uhr, zwei zurück 17.00 Uhr, - und da wird's dunkel und wir sind dann erst auf dem Großen Solstein. Ergo - zurück! Schwer genug ist's uns geworden, aber ein Bergsteiger muss auch zur rechten Zeit umkehren können. Langsam und vorsichtig stiegen wir wieder in unserer Spur zurück und standen schließlich bei dem Grataufschwung, der zum Solstein zurückführt. Denselben Weg wieder hinunter? Nein! Also durchs Wörgltal! Da meldete sich tief drinnen ein mahnendes Stimmchen: der Weg ist euch unbekannt, die Markierungen verschneit, bei diesem Nebel, spät ist's auch schon, ihr kommt in die Nacht, findet nicht mehr heraus, erfriert... aber das Stimmchen sprach so leis, man verstand es eigentlich gar nicht.

Die Würfel waren gefallen: durchs Wörgltal - und, Hand aufs Herz, du hättest es auch so gemacht. Also hinunter, über steile Hänge mit dem Pickel abfahrend, dann wieder laufend und springend über Blöcke und Geröll. Das Glück war uns hold. Es hatte sich hier der Nebel gelichtet, so dass wir uns in dem Gelände noch orientieren konnten; denn sonst wär's uns wohl schlecht ergangen. Nur wenige Meter von unserer Route entfernt überstürzten sich vereiste Plattenschüsse, die uns wohl übel hätten mitspielen können. Schon standen wir wieder umgeben von unseren „geliebten" Latschen und eh' wir's versahen, hatte uns ein Steiglein leise und sachte hineingeführt ins Märchen des winterlichen Waldes. Welche Gegensätze! Vor zwei Stunden noch oben in der Wuchtigkeit und Strenge des Hochgebirges, voll Sturm und Eis, während man hier das Empfinden hatte, als hielten die verschneiten Bäume den ganzen Frieden umfangen, dessen die Welt noch fähig war. Und das schneeige Weiß, das in großen dichten Flocken hernieder fiel, legte sich mit linken Händen aufs pochende Herz, dass dort oben noch Sturm gewollt und Kampf, aber jetzt zufrieden wurde und still....

Um 17 Uhr standen wir vor der Magdeburger Hütte. Nach einem heißen Trunk setzten wir unseren Weitermarsch fort, hinüber zum Solsteinhaus. Mit Ausnahme einer einzigen größeren Steigung bewegt sich der Pfad fast horizontal. Schon nach kurzer Zeit hielt uns die Nacht in Ihren Armen und wir konnten nur noch spüren, dass es schneite, schneite...

Jetzt trat der Berg zurück und wir bogen um die Ecke... Wie eine wilde, losgelassene Horde sprang uns hier der Sturm entgegen, warf uns Graupeln und Eis ins Gesicht, nahm uns den Atem und drohte uns umzuwerfen. Von einem

Steig oder auch nur einer Andeutung war nichts mehr zu fühlen. Also hinein ins volle Menschenleben! Nur hinunter, durch dick und dünn, durch Latschengestrüpp und über Felsstufen. Und dazu raste der Sturm, tobte und heulte mit dämonischer Gewalt. Gab es aus dieser Hölle denn überhaupt noch einen Ausweg? Doch den Mut verloren wir nicht. Hatte nicht auch dieses Toben der Elemente seine Schönheit? Vernahm man nicht gerade in diesem Toben die Urstimme der Natur, die uns winzige Menschlein erschauern machte? Die einem zeigte, wie klein wir doch sind, dass Berg und Sturm doch stärker als wir und dass dort oben einer ist, in dessen Hand wir alle stehen.

Zäh und verbissen kämpften wir uns durch, fassten die dick verschneiten, biegigen Äste und rutschten hinunter. Wie lange das so fort ging, weiß ich nicht. Nur dass uns der Berg doch schließlich los ließ und uns in einen Graben stieß. In diesem wühlten und kämpften wir uns gegen den Sturm wieder aufwärts und dann den Hang hinüber zum rettenden Haus - denn dort oben musste es ja stehen. Hier auf dem Erlsattel war der Sturm vollends ganz in seinem Element. Nichts bot ihm Widerstand und er entfaltete seine ganze Wucht. Endlich tauchten die Umrisse des Hauses auf. Gerettet! So gut es ging, befreiten wir uns von Schnee und Eis. Der Handschuh war an den Pickel gefroren, die Hose ein einziges vereistes Stück und von der Mütze hingen kleine Eiszapfen. Wir stießen die Tür auf. Ein Ruf „wer ist's?" „Ja wir, wir sind's!" Großes Erstaunen. „Ihr zurück, und wo ist Franz? Franz ist euch suchen gegangen auf den Solstein." Das war uns ein arger Schreck. Doch nun wieder hinaus, den Franz zu rufen. Wie konnten wir uns unter schützendes Dach begeben, wenn in diesem Höllensturm ein Mensch nach unserem Leben suchte? Auf unsere schwachen Stimmen hatte der Orkan nur wahnsinniges Hohngelächter. Dann kam der Träger heraus und „Franz, Franz, Franz" warf sich eine Stimme kraftvoll gegen das Getöse. Keine Antwort. Da hilft kein Halten: wir holten unsere Lampen und stießen wieder hinaus in das entfesselte Element. Was war das? Oben am Kamm tauchte ein Lichtschein auf, der sich abwärts bewegte. Er hat's gehört, er kommt, er kommt!

Jula Nemayer beim „waxeln" und in rasanter Fahrt.

Tourenberichte

Sonntag, 30. Juli 1933

Meine Prüfungstour über den Südwestgrat zum Gerberkreuz

Endlich, nach drei verregneten Sonntagen wieder ein richtiger Sonnentag! - Abmarsch um 6 Uhr. Am Lindenkopf Rast. Dann steigen wir ein. Willi führt, ich in der Mitte, Frank am Seilende. Der Quergang kostet mich lange Überlegung, dann geht's gut weiter, bis der Teufelskerl von einem „Norweger" mir im Kamin stecken bleibt und ich weder vor- noch rückwärts kann. Frank steigt nach und zieht ihn heraus. Meine Kletterschuhe sind frisch gesohlt und sehr steif. Im glatten Fels gleiten sie ab. Ich ziehe sie aus und klettere in den Socken. Dabei verletze ich mir die Zehen und ziehe deshalb die Schuhe wieder an. - Die „Fockplatte" fällt mir leicht, aber der Überhang kurz vorm Gipfel braucht schon packen. Auf dem Gipfel lange Rast, dann geht's auf dem Grat weiter bis zur Karwendelgrube und Abstieg über die Mittenwalder Hütte.
Meine Prüfung habe ich gut bestanden und bin ich von dem Grat ganz begeistert. Er ist das schwierigste, was ich bisher gemacht habe.

Sonntag, 20. August 1933

Südwestgrat zur Tiefkarspitze, Gratüberschreitung zu den Lärchfleckspitzen. Abstieg ins Kirchlekar, über die Dammkarscharte ins Dammkar und Kälberalm.

Um 6 Uhr Abmarsch mit Arthur, Alban, Hanni und Engstler. Über die Kälberalm auf den Steig zur Hochlandhütte bis zu Beginn des Mitterkars. Alle (bis auf mich) „schieben Spinat" und einer nach dem anderen lässt sich fallen. Ich schimpfe und gehe weiter bis zum Predigtstuhl. Dann schleppen sich auch die anderen rauf und beantragen Brotzeit. Während wir essen, regnet es, aber der Wetterbericht schrieb „gutartiges Westwetter" und nach einer halben Stunde scheint wieder die Sonne. Hanni und Engstler kehren um, Arthur und Alban bringe ich endlich so weit, mitzugehen. Um 11 Uhr steigen wir ein und sind schon um 1 Uhr auf dem Gipfel. An zwei Stellen benötige ich das Seil, sonst geht alles tadellos. Nach vielem Reden geht endlich mein Vorschlag durch, die Gratüberschreitung zu machen. Von der Tiefkarspitze bis zur zweiten Lärchfleckspitze ungefähr 1,5 bis 2 Stunden. Von hier über steile Schrofen südseitig hinunter und dann in einer steilen Rinne hinunter zu den Grashängen unterhalb der „Kircheln". Kaum der Rinne entkommen bricht das Gewitter los und wir stehen bei einem Überhang unter. Ziemlich lange. Endlich können wir weitergehen. Die steilen, jetzt triefnassen Grashänge erfordern viel Vorsicht. Unser „Band", das nach dem „Schweiger" hinausführen soll ins Kar - hört auf und steil fallen die Wände ab. Alban sucht oben, Arthur unten einen Ausweg. Nirgends geht's. Wir klettern zusammen wieder rauf - auch hier nicht. Schimpfen auf die mangelhafte Führerbeschreibung und stehen da „wie die Ochsen am Berg". Was tun? Nur wieder zurück. Nicht leicht geht's runter auf dem glitschigen Zeug. Zu dämmern fängt's nun auch an. Arthur versucht's nun in einer Rinne und behauptet, wir kommen hinaus. Ich suche

nochmals rechts um die Ecke - und entdecke „das Band",
Aber die Buam glauben es mir nicht und Arthur findet seine
Rinne „fabelhaft". Ich schaue hinunter, aber mir graust. Ich
verlange das Seil, aber Alban tut's nicht raus. Arthur hilft
von unten feste nach und dann komme ich doch noch hinunter. Nach wenigen Minuten stehen wir aufatmend unten
und sind heilfroh, diesem Irrgarten glücklich entronnen zu
sein. Aber nun stehen wir weit unten im Kirchlekar und dort
oben, zwischen den Zacken liegt die Dammkarscharte.
Mühsam kommen wir vorwärts. Sehen tun wir auch nix
mehr. Ein Schritt vor - einen halben rutscht man wieder
zurück. Dann kommt eine steile, glatte Rinne mit Wasser.
Es regnet auch wieder. Aber dann sind wir doch oben und
stolpern über die Steine und Blöcke des Dammkars. Licht
haben wir keines und es ist stockfinster. Dazu einen höllischen Durst! Am schlimmsten ist's dann durch den Wald
bei der Kälberalm über die nassen Wurzeln und Hölzer.
Todmüde kommen wir um 10 Uhr nach hause, wo natürlich
alles schon wieder Angst hat.

An der Lärchfleckspitzen.

4./8. Oktober 1933

Vier Tage im Gebiete der Seefelder Dolomiten!

Am Mittwoch, dem 4. Oktober nachmittags, dreiviertel drei Uhr mit dem Rad nach Gießenbach. (1 Std. einschl. drei Aufenthalte zwecks Kontrolle). Rad in der Haltestation eingestellt. Dann weiter in eineinviertel Stunden zur Eppzirlalm. Bei „Annemarie" kurze Rast. Dann Aufsteig auf die Erlscharte: In den Tälern liegt Nebel, über dem Wettersteinkamm aber liegt das leuchtende Gold der untergehenden Sonne und zwischen den Zacken der Erlspitze funkeln schon die Sternlein durch. Auf der Scharte angelangt, ist es Nacht geworden inzwischen. Auf den starren Nordwänden des Großen und Kleinen Solsteins geistert schon das Licht des aufgehenden Vollmonds. Um 1.15 Uhr lande ich glücklich am Solsteinhaus. Alles ist da: Herr und Frau Tutzer und Franz, mit dem ich gleich über den kommenden Tag disponiere. Nach dem Abendessen beziehe ich wieder „meine" Nr. 7 und träume kühnen Felsfahrten entgegen.

Donnerstag, 5 Oktober

Es ist schon hell, wie ich aufwache. Gleich springe ich aus dem Bett und blicke durchs Fenster. Kuhloch- und Erlspitze liegen schon im warmen Sonnenlicht und darüber blaut ein Himmel so herrlich blau und rein wie eben nur im Herbst. Um 8 Uhr ziehen wir los und mühen uns die steilen Risse hinauf bis zur Einstiegsscharte. Gut meint's die Sonne, aber hier oben zieht's. Wir ziehen die „Patschen" an, wie Franz sagt, und seilen uns an. Dann packen wir den Westgrat zur Erlspitze (2407 m). In einem Riss mit äußerst brüchigem Fels steigen wir hoch und nehmen dann den direkten Grat, den der „Schwaiger" als schwierig bezeichnet. Franz und ich können das zwar nicht ganz so schlimm finden, obgleich einige Stellen schon packen brauchen. Ich gewöhne mich allmählich an den brüchigen Fels und bin ganz in Form. Franz sagt: „I hatt nit denkt, dass Sie so guat giahn, i hob grod so g'schaugt", worüber ich mich sehr freue. Etwas außerhalb unserer Gratlinie lacht eine steile Felsnadel ‚auf die ich gerne hinaufmöchte. Franz erfüllt mir die Bitte. Sie ist nicht leicht. Franz sagt, die hat noch niemand bestiegen. Um 10.15 Uhr sind wir auf dem Gipfel und genießen die einzigartige Sicht. Dann soll ich die Abstiegsroute wählen. Ich entscheide mich für die Überschreitung der Fleisch-banktürme bis zur Fleischbankspitze (2166 m). Nördlich steigen wir von unserem Gipfel ab und überklettern die ers-ten Zacken. Doch schon die nächsten Türme sind schwierig und stellenweise äußerst brüchig, weshalb wir anseilen. Für die Fleischbanktürme fanden wir die Führerbezeichnung „schwierig" voll und ganz berechtigt. Sehr ausgesetzt sind die folgenden Türme und eine Rinne, in welcher wir zum kommenden Turm absteigen, stellt das höchste an Brü-chigkeit dar, was mir je unter die Finger gekommen. Kein Griff und Tritt ist fest. Ich weiß nicht mehr, wo ich mich ü-berhaupt halten soll. Und während ich auf den „Dreck" schimpfe, lässt das Seil einen Stein und der saust mir aus 10 m Höhe mitten auf den rechten Daumen. Ganz dick läuft das Blut herunter und ich könnte schreien vor Schmerz. Aber jetzt nur heraus aus der Rinne, ehe noch mehr kommt. Ich binde das Taschentuch um den blutenden Daumen und suche einen festen Block fürs Seil, um Franz zu sichern. Interessant ist wieder der nächste Turm, der Abstieg aber wieder gemein: alles wackelt. Dazu hämmert und klopft mein verletzter Daumen und schmerzt schreck-lich bei jedem Griff. Dessen ungeachtet geht's weiter bis zur Oberriss-Scharte und von hier auf die Fleischbankspit-ze. Dann erst über Grashänge hinunter ins Kar und hinüber zum Solsteinhaus, wo der Daumen, inzwischen sehr ge-schwollen, in sachgemäße Behandlung kommt. Es war trotz

Brüchigkeit eine herrliche Kletterei, die mir stets in Erinnerung bleiben wird. (Solsteinhaus wieder zurück um 3 Uhr).

Freitag, 6. Oktober 1933

Große Gratwanderung:
Großer Solstein - Kleiner Solstein - Hohe Warte - Hinteres Brandjoch - Vorderes Brandjoch - Frau Hittsattel.

Nach einem ausgiebigen Frühstück ziehen wir wieder bei herrlichstem Wetter los (7.15 Uhr) In allen Tälern liegen dicke Nebelschwaden: Dörfer, Städte, Flüsse, - alles ist darunter vergraben, das Auge sieht nur Berge, Berge. Gipfel reiht sich an Gipfel und die der Stubaier und Ötztaler erglänzen im Sonnelicht wie blankes Eis. Auch wir vergessen die Welt dort unten und erleben unseren herrlichen, stolzen Grat in all seiner Schönheit, Wildheit, Schwierigkeit und Ausgesetztheit.
Nach genau 1,5 Std. gehört uns der Gipfel des Großen Solsteins (2542 m), nach einer dreiviertel Stunde auch der Kleine Solstein (2641 m). Und jetzt fängt es an: Kletterschuhe an und Seil heraus! Schon gleich die ersten Seillängen, die wir hinunter müssen, sind schwierig, aber schön und kosten uns sehr viel Zeit. Erst nach dem berüchtigten „Wandl" wird es etwas leichter. Etwas Schwierigkeit bereitet mir der „Reitgrat", der an Ausgesetztheit und Glattheit nichts zu wünschen übrig lässt. Zu beiden Seiten fällt unser Grat in grausigen Steilwänden ab und wir erringen uns Meter um Meter auf schmalem Gesims. Mir ist, als wäre unser Grat eine Leiter auf welcher wir mitten hinein kletterten in den blauenden Himmel. Nach 2 Stunden (v. Kl. Solstein) stehen wir auf der Hohen Warte (2612 m) und gönnen uns eine halbe Stunde Rast. - Der folgende Teil des Grates ist fast noch schöner als der erste. Etwas festerer Fels und einige herrliche Wandstellen erinnern mich an den Blas-

46

sengrat. Kurz vorm Hinteren Brandjoch ist die schwierigste Stelle: wir überlegen. Franz möchte sie rechts nehmen: reichlich glatt dünkts mich da und die wenigen Griffe, die vorhanden, scheinen zu wackeln. So schlage ich links vor. Es hängt zwar über, aber ich „sehe" wundervolle, feste Griffe. Franz überlegt immer noch - und entscheidet sich dann für links. Ich sitze rittlings auf dem schmalen Gratl am Fuß des Überhangs, lasse langsam das Seil durch die Finger gleiten und sehe Franz aufmerksam zu. Leicht scheint's gar nicht zu sein und meine „wundervollen" Griffe entpuppen sich in der Nähe als reichlich knapp, nur für die Fingerspitzen. Eine Weile baumeln Franz's Beine über der Tiefe - dann ist er droben und ich komme nach. Unheimlich Kraft brauche ich. Für die Beine ist nichts da - nur für die Finger winzige Griffe. Lange hänge ich - bis ich schließlich dann doch oben bin. Ich schnaufe und Franz lacht! Und dann stehen wir auf dem Gipfel des Hinteren Brandjochs (2618 m) nach 2 weiteren Stunden strammer Kraxlerei. Eine halbe Stunde Rast. Leichter geht's jetzt hinunter zu einem Schartl und wieder hinauf zum Vorderen Brandjoch (2580 m). Herrlich ist von hier der Blick hinunter zum schönen Innsbruck am grünen Inn. Uns gegenüber liegt die Gipfelstation der Hafelekarbahn. In einer dreiviertel Stunde steigen wir hinunter zum Frau Hitt-Sattel. Und dann bewundern wir sie, die „Steinerne Frau". Gern würden wir sie erklettern - aber wieder Schuhe wechseln und anseilen - die Zeit ist kurz (4 Uhr) - und a bisserl müad sein mir auch - lassen wir's für heute! Und schon rasseln wir die steile Reißen hinunter ins Frau Hitt-Kar. Unbeschreiblich schön ist's hier. Zwischen dem dunkelgrünen Samt der Latschen leuchtet da und dort das Gold der herbstlichen Birke. Rot flammt Ahorn und Buche und aus dieser Farbenpracht wuchten die weißen Kalkwände der Sattel- und Hippenspitze gegen blauen Herbsthimmel. Es liegt eine seltene Reinheit und ein seltener Friede über diesem Fleckchen Bergwelt - man möchte ewig verweilen und schauen.

Um 6 Uhr stillen wir in der Amtssäge unseren Durst und bei Einbrechen der Dunkelheit steigen wir wieder tapfer hinauf zum Solsteinhaus. Noch ist's dunkel im Wald und fast unheimlich ertönt der Brunftschrei eines Hirsches. Aber dann lugt plötzlich der Vollmond durch die Wipfel und zeigt uns deutlich den Steig. Wie gleißendes Silber liegt das Licht des Mondes auf den Gipfeln und Wänden und man vergisst bei solcher Schönheit die müden Glieder. In eindreiviertel Stunden sind wir auf dem Solsteinhaus. Jetzt erst merke ich, dass ich einen Wolfshunger hab'. Mutter Tutzer stellt mir einen großen Teller Nudelsuppe hin - und schon hab ich mir die Zunge verbrannt!

Samstag, 7. Oktober 1933

Heute musste ich erst richtig ausschlafen. Franz ist hinunter nach Zirl, Bier holen. So ziehe ich heute um 10 Uhr alleine los zu meiner Ausruhtour. Erst geht's hinauf zur Erlscharte und Schnöllplatzl. Hier liege ich zwei Stunden in warmer Sonne und blinzle zwischen Wachen und Träumen hinüber zu „unserm" Grat. Stolz und kühn reckt und dehnt er sich in unnahbarer Herbheit. Ich erlebe ihn nochmals in allen Einzelheiten und fühle mich reich und glücklich ihn bezwungen zu haben. Dann steige ich aufs Kirchl und weiter zur Kuhlochspitze. Hier erinnere ich mich lebhaft des schönen Wintertages, an dem wir lange und selig auf dem Gipfel saßen. Dann steige ich hinab zur Kuhlochscharte - und liege schon wieder in der Sonne - bis mich zwei Innsbrucker Studentinnen nach dem Weg zum Solsteinhaus fragen. Da muss ich selbstverständlich mitgehen und lande somit um halb 5 Uhr wieder auf dem Solsteinhaus.

Sonntag, 8. Oktober 1933

Ich nehme Abschied. Dann steigt die letzte Felsfahrt, die Freiungtürme, die schon längst auf meinem alpinen Wunschzettel stehen. In eineinviertel Stunden steigen wir über die Scharte und das Gratl auf die Kuhlochspitze. Schnell sind wir wieder unten an der Scharte und dann in einer Rinne hinauf zum wilden Gezack der Türme. Ganz genau nehmen wir's: keiner wird ausgelassen, jeder überklettert. Leider habe ich heute einen großen Rucksack und somit klettere ich auch in Stiefeln, um diese nicht auch noch tragen zu müssen. Das Gestein ist rauh und rissig, da geht's schon. Noch mache ich alles selbständig, ohne Seilhilfe. Habe ich doch unter Franz's sachkundiger Führung manches gelernt. Dann naht das Gipfelwandl des Ostturmes (2325 m). Steil siehts aus und wenig Griffe. Im letzten Drittel leitet ein schmales Band unter einem Überhang aus dem Wandl. „Giahn mirs an", meint Franz. Ich klettere voraus. Wenige Griffe sind nur da und mit den Nagelschuhen finde ich keinen festen Stand. Langsam aber sicher arbeite ich mich vor bis zum Band und halte Ausschau. Rechts ist's unmöglich, links nicht viel besser - bleibt nur der Überhang. Franz ist nachgekommen und überlegt. Dann zieht er seine „Patschen" an und holt das Seil aus dem Rucksack. Mit äußerster Vorsicht seilen wir an; denn das Band ist so schmal, dass wir kaum Platz haben und der Überhang drängt uns ganz hinaus. Ich spreize mich gegen einen festen Stein und halte krampfhaft die Rucksäcke und Franz's Schuhe, dass ja nichts hinunterfällt. Dann verstauen wir die Schuhe und binden die Rucksäcke fest zusammen, denn mit den „Riesenbinkeln" wagen wir uns nicht an die Sache. Franz legt erst noch eine Seilschlinge um einen Block und dann packt er an. Kurz ist die Stelle, aber schwer und ausgesetzt. Dann kommen die Rucksäcke hinauf. Sie bleiben stecken und nur mit vieler Mühe bringen wir sie endlich hoch - und dann komm ich.

Ganz lahm werden mir schon die Arme vor lauter Klimmzügen; denn für die Zehenspitzen findet sich nichts. Dann rasten wir ein Weilchen und ohne Seil geht's wieder weiter. Unbarmherzig brennt heute die Sonne und macht uns tüchtig warm. Turm reiht sich an Turm, es scheint kein Ende zu nehmen. Stetig wechseln die Kulissen und wir blicken durch wilde Klammen, Risse und Kamine hinunter zur Eppzirlalm. Wir lassen uns Zeit: ist es doch die letzte Tour! Und ich denke zurück an die vergangenen schönen Tage, ausgefüllt mit tüchtiger Kletterei auf unseren schönen Bergen - und will es nicht glauben, dass dort unten eine Pflicht ruft. Franz geht noch mit, bis ich einen Überblick habe über den Steig, der mich zur Freiungscharte bringen soll. Dann schreibe ich ihm ein ehrliches Lob ins Führerbuch und sage ihm von Herzen Dank. Noch ein kräftiges „Berg Heil!" und in einer steilen Schuttrinne fahre ich ab ins Kar und blicke noch mal zurück. Oben steht noch immer Franz und winkt. Dann geht's weiter zur Eppzirlalm. Franz erscheint schon wieder auf einem Gipferl und jodelt wieder ins Tal. Noch einmal grüße ich mit umfassendem Blick alle bezwungenen Grate und Gipfel und wandere dann still dem schwatzenden Bach entlang, hinaus nach Gießenbach - mit wehem, aber doch dankbarem und um so vieles reicherem Herzen.

Sonntag, 10. Juni 1934

Koflerturm - Südwestgrat
(mit Arthur und Heinz Wutz)

Als ich vor nunmehr sieben Jahren meine erste Klettertour machte - mit Gustl Horn über den Südwest-Grat auf die Viererspitze - hat mir der rechts der Kreuzklamm aufsteigende Turm schon mächtig imponiert. Auf meine Frage, was das für ein Spitzl ist, meinte Gustl: „Das heit keinen Namen, auch ist noch niemand hinaufgeklettert". - Die Zeiten aber ändern sich. Manch guten Freund hat sich der Turm inzwischen gewonnen: die ersten waren Mathias Krinner und Eugen Leer; dann kam Hannes Kofler, der dort ein kleines Kreuzl aufstellte und nach welchem der Turm dann getauft wurde. Die Erststeiger der Südwand waren Otto Kronwitter und Sepp Frank, die der Nordwand Martin Schweiger und Willi Kronwitter. Der leichteste und kürzeste Anstieg ist über die Ostkante, über welche mich vergangenen Sommer Otto Kronwitter hinaufführte. - Und nun bin ich auch über den sehr schwierigen Südwestgrat dem Turm aufs Haupt gestiegen - und zwar als erste Frau!

Es ist 7.15 Uhr, wie wir Heinz abholen. Er hat den Grat schon zweimal gemacht. Strahlend blau ist der Morgen, aber nicht lange, dann schieben sich schon wieder graue Wolken ins leuchtende Azur. In der Kreuzklamm lassen wir unsere Stiefel zurück und klettern dann über die „Schröfelen" zum Einstieg. Herrlich ist es hier oben! Der Fels fest und hell, aber rauh und kantig, mit eigenartig gleichmäßigen Kerben; und zwischen den Felsen ganz reizende Nischen und Ecken mit grünen Rasenfleckchen und wildzerzausten Latschenbüscheln. - 60 Meter Seil haben wir mit und wir können diese Länge gut brauchen. Arthur und Heinz wechseln mit der Führung ab, ich aber bin immer in der Mitte. Nach einigen kurzen südseitigen Quergängen klettern wir über ein mannshohes Fenster hinaus auf den luftigen Grat. Ganz herrlich ist die Kletterei! Ich bin heute ganz in meinem Element und ernte dafür das so seltene brüderliche Lob. Wir lassen uns Zeit - genießen ihn richtig den Grat! Es ist die erste Klettertour, die wir mit unserem Gildenbruder Heinz machen: es geht sich gut mit ihm und er lässt äußerste Vorsicht walten. Mir ist das eine große Beruhigung. Ganz leicht fängt es jetzt zu regnen an, aber nicht lange. Wir merken es kaum in unserem Eifer. Jetzt geht es wieder hinaus in die Südflanke, weniger reizvoll entlang auf grasigen Bändern und dann durch ein großes Fenster, eigentlich mehr Höhle, wieder zurück auf den Grat. Der letzte Teil ist wieder sehr luftig und dann stehen wir vor dem letzten, schwierigsten Stück: scharf und schmal ist der Grat; zu beiden Seiten fallen steil die Wände hinunter in die Kreuz- und Schieferklamm; und vor uns baut sich ernst und steil die Gipfelwand auf. Zwölf Meter ist sie hoch. Senkrecht im unteren Teil, oben etwas überhängend. Vollkommen glatt ist sie: nicht die winzigste Ritze oder Spalt ist da für einen Haken - unbezwingbar! Sie führt senkrecht hinauf zum Gipfel. „Äußerst schwierig" ist dieser letzte Teil. Heinz macht den Ersten. Arthur schlägt sich zur eigenen Sicherung einen Haken und dann geht Heinz an die Arbeit: quert zwei Meter hinaus und schlägt den ersten Haken. Dann greift er um den Überhang herum und findet Halt an einem noch dort steckenden Haken. Er hängt den Karabiner ein und wetzt sich dann, mit dem Rücken voraus, unter äußerster Anstrengung fast liegend unter dem Überhang durch. Lange dauert das. Das kann ja nett werden! Das Seil steht still: Heinz ruht aus! Nur eine Minute. Dann geht's wieder los. Ich kann ihn nun hinter dem Wulst nicht mehr sehen, aber höre deutlich seinen keuchenden Atem. Oft muss er rasten: denn durch das noch sehr mangelhafte Training lassen ihm dauernd die Arme aus. Noch drei Haken hören wir schlagen, einer saust in die Tiefe. Man hört ihn gar nicht mehr aufschlagen. Eine volle dreiviertel Stunde ist nun um, da erscheint Heinz endlich auf dem Gipfel, mauerbleich und ganz eingefallen. Höchstens 18 Meter Seil sind inzwischen abgerollt. Durch das lange untätige Warten und durch die Sorge, dass Heinz ja gut durchkommt, bin ich ziemlich nervös geworden. Arthur schlägt vor, mir die Sache durch ein Seilgeländer zu erleichtern, aber ich gehe jetzt lieber auf den ersten Vorschlag ein: Aufseilen über die Wand. Aber erst muß Arthur hinauf. Durch die doppelte Seilsicherung und sein besseres Training schafft er es verhältnismäßig schnell. Doch meint er, es war das schwerste, was er bisher mitgemacht. Sie lassen mir nun ein Seil über die Wand herunter, an das ich die drei Rucksäcke binde. Wie ich nun so an meinem Fleckchen Grat kauere und die Rucksäcke so lustig über die Wand hinaufzackeln sehe, löst sich in mir die Spannung und ich breche in ein fürchterliches Lachen aus. Da blicken hoch über mir zwei verwunderte Köpfe herunter. Jetzt fängt es tüchtig zu graupeln an und schnell sammeln sich die weißen Körner an allen Gesimsen. Nun merke ich auch, dass ich ganz kalt und steif geworden bin. Jetzt kommt endlich ein Seil, fasse es mit beiden Händen, stemme mich rechtwinklig zur Wand und brülle „Auf!". Die beiden oben ziehen nach Leibeskräften. Aber die Sache klappt nicht: es reißt mir die Beine hoch und so sehr ich mich auch bemühe, im Winkel zu blieben, es legt mich ganz nach außen. Da seilt sich Arthur zu mir herunter und bringt die Geschichte in Ordnung, die ich natürlich ganz verkehrt angepackt habe. Zur weiteren Sicherung kriege ich nun noch einen Karabiner mit kleinen Riemen als Verbindungsstück zum Hauptseil und einen Prusikknoten in die Hand gedrückt. Nun seilt sich erst wieder Arthur auf: Heinz zieht oben, ich unten mit Gegenzug. Dann komme ich. Mir ist die Sache nicht ganz geheuer, aber es muss sein. Und jetzt geht's auf! Fest halte ich meinen Knoten in Händen und wenn die beiden ziehen, mache ich schnell einige Schritte an der glatten Wand. Leise schiele ich zwischendurch nach links, wo senkrecht die Wand hinunterschießt in die Kreuzklamm. Da muss ich an den Amerikaner denken, der vergangenes Jahr dort über die Platten hinuntergesaust ist, und da wird mir ganz zweierlei. Da tröste ich mich: wenn du abifallst, bist wenigstens gleich hin. Immer langsamer ziehen die beiden oben: denn ich bin kein leichter Brocken. Nun fangen mir auch die Arme an, lahm zu werden. Ein kleiner Wulst macht mir noch etwas bange - aber dann ist es glücklich geschafft. Es war aber auch höchste Zeit! Ich blicke auf die Uhr: 4 Uhr. Und um 10 sind wir eingestiegen. Viel Kampf und Arbeit liegt in dieser Zeitspanne. Aber nun sitzen wir glücklich alle drei zusammen auf dem Gipfel und sind zufrieden. Es hat mit Graupel aufgehört und die liebe Sonne beglückwünscht uns zu unserem Siege. Ja, wir sind die Fürsten dieser Welt!

Lange ist unseres Bleibens aber nicht. Ein Seil wird aufgerollt und mit einem geht's dann über die Ostkante hinunter. Arthur sichert uns und seilt sich dann als letzter ab. Ich bin nun doch froh, wieder auf sicherem Boden zu stehen.

Und dann geht's erst über die Platten hinunter und hinein in die Kreuzklamm. Es ist ein klarer Bergabend geworden, mit fast herbstlicher Stimmung. Alles Gewölk ist im Äther verflogen und ein seidiges Blau spannt sich wieder über Gipfel und Grate. Die wohlig wärmenden Strahlen der Abendsonne fallen zu uns herüber, während wir flink über die Platten hinunterstemmen. Lautersee und Ferchensee sinken mit einem letzten Aufleuchten in Schlummer und dann erlischt der feurige Sonnenball im Westen. Rings um uns beginnen die Felsen zu bluten und wir fühlen das rosenfarbene Licht wie einen Schleier auf uns ruhen. Und unwillkürlich drängen sich mir die Verse auf:

Ich möchte nicht im Tal verderben,
Den letzten Blick beengt vom Zwang.
Auf einem Berge möchte ich sterben
Bei goldenem Sonnenuntergang!

Und während wir dann das letzte Stück zum Steig hinüberqueren, steigt aus allen Rissen und Fugen des wilden Gemäuers schon blausamtene Dämmerung - schweigend schreiten wir abwärts, die Perle dieses selten schönen Bergtages schon zutiefst im Herzen verwahrt.

Klettersommer 1934

Donnerstag 10. Mai, Christi Himmelfahrt.

Damenausflug Kreuzeck-Stuiben

Um 8 Uhr fahren wir - Mariele und ich - bei herrlichstem Wetter mit dem Rad nach Garmisch. In Klais schon stellt sich uns das erste Hindernis entgegen. Aufgrund eines telefonischen Anrufes werden wir angehalten - da ich meinen gesamten Proviant habe liegen lassen. Ich radle ein Stück zurück, bis ihn mir Liesl entgegenbringt. Dann geht's mit Volldampf weiter. Am Sebastiani-Kirchl treffen wir uns mit Josi, die ebenfalls per Rad von Oberammergau herübergekommen ist und fahren dann zusammen weiter zur Kreuzeck-Talstation. Ganze Scharen strömen hinüber. Da radle ich voraus, überhole alle und komme schweißtriefend an. Dafür können wir gleich auffahren. Bis wir jedoch unsere Räder im „Heimhof" verstauen, fährt uns die so mühsam erkämpfte Kabine vor der Nase weg und wir müssen nun doch warten (zweites Hindernis). Am Kreuzeck angekommen suchen wir uns ein feines Platzerl und machen erst mal eine ausgiebige Brotzeit. Dann gehen wir mehr als gemütlich den Bernhardeinweg hinüber zum „Stuiben". Wir haben uns sooo viel zu erzählen und empfinden es direkt als Erleichterung mal keine „Mannsbilder" dabei zu haben. Dann geht's hinauf zum Mauerschartenkopf (1930 m). Ganz wundervoll ist die Aussicht auf die Alpspitze, Hochblassen, die Nordwände des Hochwanners auf die Dreitorspitzen und Wetterstein. Lange bleiben wir dort und dann geht's den gleichen Weg zurück zum Kreuzeck, wo wir uns bei Kaffee und Kuchen gütlich tun. Und dann geht's auf der Standardstrecke abi. Bis zur Hälfte geht's ganz gut, aber dann hört der „Weg" plötzlich auf. Vor lauter Ratschen merken wir das gar nicht, bis uns ein schließlich auftauchender

Wegweiser „nach Hammersbach" jäh zur Besinnung bringt. Natürlich, wir sind ja viel zu weit nach links gekommen!

Aber jetzt nur hinunter durch dick und dünn! Wir begrüßen stürmisch das dritte Hindernis. Anfänglich ist es noch nicht so schlimm. Steil steigen wir in einer Schneise hinunter. Doch wir müssen uns mehr rechts halten. Mühsam schlüpfen wir durch wildes Dickicht, übersteigen Bäume usw. und landen schließlich in einem Graben, in dem wir bis über die Knöchel im Morast stecken bleiben. Ein dichtes, hohes Brennnesselfeld leckt gierig nach meinen nackten Beinen. Und jetzt gehen auch noch „gache Wände" her! Aber mutig, wie wir nun einmal sind, überwinden wir all' diese Schwierigkeiten. Jetzt landen wir schließlich auf einer Waldwiese - einer wahren Märchenwiese: dunkle Tannen und Fichten umstehen sie von drei Seiten und an der vierten, offenen, blickt ernst und still der kleine Waxenstein herein. Auf der Wiese selbst wetteifern in buntester Farbenpracht Enzian, Primeln und Trollblumen. Da sind meine zwei „Goaßen" nimmer zu halten - sie müssen grasen! Langsam wird es Abend und die hohen Gipfel erglühen im letzten Rot, da mahne ich zum Aufbruch. Wieder suchen wir unseren „Weg" durch Stauden und Gebüsche. Um 7 Uhr stehen wir wieder - müde und erhitzt - bei unseren Rädern. Aber jetzt geht's dahin! Wie bequem sitzt es sich doch auf so einem Sattel, wenn man stundenlang herumgestiegen ist! Und wie der Luftzug die heißen Wangen kühlt! Ganz narrisch sausen wir das schlechte Sträßlein hinunter. Jetzt - die Kurve! Ich krieg' sie nicht, bei diesem Tempo. Schneide sie also links. Im gleichen Augenblick kommt ein Auto herauf. Es ist kein Raum mehr zum Ausweichen. Da fahre ich im größten Schuss in den Graben, das Rad bleibt stecken und ich fliege im Schwung einige Meter in die Wiese hinaus. Mir tut alles so weh und im ersten Moment glaube ich, mir die Schulter ausgerenkt zu haben.

Der Lenker des Wagens, meiner ansichtig geworden, riss seinen Karren gleich nach links (allerdings zu spät). Im gleichen Moment kommt Mariele rechts in die Kurve, hat auch keinen Platz mehr - und grad, wie ich dran denke, mich wieder aufzurappeln, sehe ich sie und ihr Rad Purzelbäume machen. Darüber muss ich fürchterlich lachen und die anderen mit - das vierte Hindernis. Mit zerschundenen Armen und Beinen, verbogener Lenkstange und verbogenem Pedal geht's wieder weiter, aber trotzdem vergnügt. Josi trennt sich in Garmisch von uns und wie wir das „G'steig" unsere Räder hinaufschieben, fängts schon zu dämmern an. Schnell wird es jetzt dunkel und wir haben beide kein Licht. In Klais borge ich mir eine Lampe aus und halte dann die Spitze. So kommen wir doch heil den Berg hinunter. Aber, o weh! In der Partenkirchnerstraße begegnet uns das fünfte und letzte Hindernis in Form eines „Schandi-Muggls", der mit tiefer Stimme aus der Dunkelheit „absteigen" ruft. Mariele muss wegen Fahrens ohne Licht 2,00 DM blechen, die wir uns aber redlich teilen. Und dann schieben wir halt unsere Räder nach Hause, wo wir um 9 Uhr ankommen. Es war ein schöner, vor allem ein recht lustiger Tag!

Frohnleichnamstag, 31. Mai 1934

Wörner
(mit Herrn Rügemer)

Bei der Prozession muss ich noch im Tale bleiben; aber dann bin ich in Gnaden entlassen und um 11 Uhr ziehen wir wieder bergwärts. Die Sonne lacht vom blauen Himmel und den Latschen entströmt eine Gluthitze. Heute friert uns nicht. Mein Begleiter findet zwar einen Aufstieg in morgendlicher Frische angenehmer - wozu ich nicht mal widersprechen kann - auch spürt er, wie er mir abends erzählte in allen Gliedern das kommende Gewitter. Ich aber merke nichts: schreite tüchtig voran und nach 2,5 Std. sind wir schon am Wörnersattel. Eine Orange wird genehmigt, dann geht's an die Felsen. Die Rinne liegt noch dicht voll Schnee. Wir ziehen deshalb die Kletterschuhe an, um rechts an einer Rippe hinaufzuklettern. Während wir so ahnungslos dasitzen, kommt plötzlich ein Trumm Block heruntergesaust und bohrt sich einen Meter vor uns tief in den Schnee, der sich über uns ergießt. Wieder einmal Glück gehabt. Vor uns ist eine Zweier-Seilschaft, die uns reichlich mit Steinen bedenkt. Ich klettere so schnell wie möglich und überhole sie. Rügemer ist ziemlich erledigt. Nicht sehr angenehm entdecke ich drüben überm Wetterstein drohende Gewitterwolken; denn außer der Kletterweste habe ich weder eine Kopfbedeckung noch sonst was mit. Am Grat angelangt sehe ich auch von Osten - schon ganz nah - ein zweites Wetter kommen. Aber der Gipfel muss noch her! Nach genau 4 Stunden sind wir dort. Da fallen auch schon die ersten Tropfen, ein Blitz flammt auf und der nachfolgende Donner bricht sich an den Wänden in tausendfachem Echo. Die Eisenstange im Gipfelsteinmann beginnt Funken zu sprühen und in unseren Haaren knistert es bedenklich. Da verlassen wir schnell den Grat und steigen so flink wie möglich abwärts. Ich erlebe mein erstes

Gewitter am Berg: es ist schaurig-schön, von einer Gewalt und Größe und Erhabenheit, bei der unser Ich immer mehr in sich zusammensinkt und klein wird, ganz klein. Man kann nur schauen und staunen, erfassen und begreifen kann man sie nicht, die Urgewalten der Natur. Ganz dick regnet und graupelt es und die umliegenden Berge stecken in den Wolken. Wieder greift ein Blitz mit Flammenhand in die Wolken und da sehen wir den Karwendel herüberleuchten - in blendender Weiße. Dort hagelt es noch mehr wie bei uns. Jetzt wird's ganz wild: Blitz folgt an Blitz, Donner an Donner. Rings um uns schlägt Blitz in die Felsen und die Luft ist erfüllt von einem Krachen und Poltern, als wären die Berge bis in ihre Grundfesten erschüttert. Ich fürchte mich nicht. Ist doch einer, in dessen Hand wir alle stehen und ohne dessen Wollen uns kein Haar unseres Hauptes gekrümmt wird. Rügemer scheint es nicht ganz geheuer zu sein. Die Zweierpartie kommt nun auch wieder herunter. Ich schlage vor zu warten und dicht hintereinander zu gehen, wegen des Steinschlags. Und dann hat uns der Berg doch wieder losgelassen. Um halb 5 Uhr stehen wir wieder am Wörnersattel. Das Wetter hat sich etwas besänftigt, aber es gießt in einem fort. Aus dem Haar laufen mir die lustigsten Bacherln, über den Hals und den Rücken hinunter. Meine Beine sind herrlich anzuschauen mit einer dicken schwarzen Kruste und die Hose ist ein einziger nasser Fleck. Da verweilen wir auch nicht auf der Hochlandhütte, sondern gehen gleich durch. Um 6 Uhr ist unsere Nachmittagstour wieder beendet.

Dienstag, 25. September 1934

Koflerturm-Südwand und Viererspitz-Südwand
(mit Willi Kronwitter)

Klar ist der Morgen, als wir nach 7 Uhr losziehen. Durch die Vordere Kreuzklamm, in der ich nun jeden Griff und Tritt blind finde, geht's hinauf bis zu dem begrünten Sattel, der zur Ostkante des Koflerturms hinüberleitet. Hier lassen wir unsere Rucksäcke zurück, essen einige Bissen und steigen hinab in die Schieferklamm. Blöd geht's hinunter. Alles brüchig und locker und Willi seilt mich an. Einige Meter geht es noch abwärts in der schuttbedeckten Rinne, dann steigt Willi ein. Glatt und steil schießt die Ostkante in die Höhe, die Arthur und Hans Brandmaier im heurigen Klettersommer in Erstbegehung bezwangen. Um sie herum ist Willi nun verschwunden und aus der Wand erklingt nun sein „nachkommen" kaum. Und dann stehe auch ich draußen und blicke hinauf. Viel ist nicht zu sehen, denn fast senkrecht schießt die graue Mauer hoch. Willi steigt mit einer staunenswerten Ruhe und Sicherheit, die sich auf mich überträgt. Das ist gut so. denn es ist bis jetzt der schwierigste Fels, der mir untergekommen ist, aber auch der schönste. Alles ist fest, aber von scharfer Rauhigkeit, die Kletterschuh und Arm gute Reibung bietet, aber viel Kraft verlangt. Jetzt, eine selten interessante Stelle: eine Art Riss, gerade so breit, um ein Bein in der ganzen Länge darin verklemmen zu können. Ich bin heilfroh, heute ausnahmsweise Strümpfe anzuhaben; denn da hätte ich mich übel zugerichtet. Rechts und links von dem Spalt ist alles grifflos und so wetze und reibe ich mich Zentimeter für Zentimeter das ca. 4 Meter lange Stück hoch. Heilfroh bin ich, dass die Seillänge zu Ende ist und ich ausruhen kann. Über den Karwendel ist jetzt auch die Sonne hochgeklettert, schaut uns liebevoll zu und macht den Fels sonnig und warm. Langsam, unendlich langsam läuft das Seil: es muss ein sehr schwieriges Stück kommen. Ich ahnte richtig, ganze Arbeit muss ich leisten um höher zu kommen. Jetzt drängt mich ein Überhang nach außen und bringt mich in die verzwickteste Stellung. In einer Ritze ist ein Haken verklemmt. Ich bilde mir ein er wackelt und suche lieber nach einem Griff, Auf einer leicht aufwärts strebenden Verschneidung stehend schiebe ich mich langsam, in fast horizontaler Lage, den einen festen Griff umklammert, nach außen durch. Es war die schwierigste Stelle. Bald anschließend folgt ein exponierter Quergang mit einem Riesenspreizschritt. Ich schaue weiter - und sehe Willi schon neben dem Kreuz am Gipfel. Das ist die einzige Enttäuschung dieser Wand, dass sie so kurz ist. Beglückt und voll Dank schüttle ich Willi die Hand, und er gratuliert mir, als erste Frau diese Wand durchklettert zu haben.

Lange bleiben wir nicht auf dem Gipfel; denn wir wollen uns heute auch noch die Südwand der Viererspitze holen. Über die Ostkante geht's hinunter zu unseren Rucksäcken und dann hinüber zur Viererspitz-Südwand. Der Einstieg ist brüchig, dann wird der Fels besser, bis er schließlich am „Kriechband", der schwierigsten Stelle, die Festigkeit des Koflerturms erreicht hat. - Das Kriechband gefällt mir nicht. Ich soll mich auf den Bauch legen, aber mir ist das zu unsicher. Ich such mir lieber oben einen Griff und schmiege mich eng an den Fels. Und es geht auch so. Etwas leichter geht's dann weiter zum Gipfel. - Zum Abstieg benutzen wir die Vordere Kreuzklamm und statten auch noch der Hütte einen kurzen Besuch ab.

Sonntag, 30. September 34

Jubiläumsgrat von der Zugspitze bis zur Alpspitze
(Schindl, Göhring, Bichlmeier, Schmidt, Arthur)

Es ist Sonnabend vormittags. Mein Rucksack ist schon gepackt, da ich um 1 Uhr wegfahren will nach Hochzirl, um
einige Tage am Solsteinhaus zu verbringen, mit Franz Touren zu machen. Da schickt mir Rudl Bescheid, ob ich nicht
Lust hätte, morgen den Jubiläumsgrat mitzumachen. Jetzt
weiß ich natürlich nicht mehr, was ich tun soll. Aber schließlich entscheide ich mich doch für den Grat, der schon lange
auf meinem alpinen Wunschzettel steht und gehe dann
eben am Montag aufs Solsteinhaus.
Um halb drei Uhr nachmittags fahre ich per Rad nach Garmisch. Es ist ein wunderbarer Herbsttag, noch sommerlich
warm und ich schwelge schon im Vorgefühl der morgigen
Tour. Gegen 4 Uhr bin ich in Garmisch und dann fahren wir
mit der blauen Zugspitzbahn bergwärts. Der Abend im
Schneefernerhaus ist recht gemütlich und lustig. Am Sonntag um halb sechs steigen wir auf zum Münchnerhaus und
erleben hier einen herrlichen Sonnenaufgang. Es ist so
warm und windstill, dass wir vorziehen im Freien zu frühstücken. Und während wir so sitzen, es ist sieben Uhr geworden, sehe ich einen vom Ostgipfel herüberkommen- auf
und nieder wie Arthur. Aber er kann es nicht sein, denn er
wollte doch heute auf die Scharnitzspitze. Aber er ist es
doch! Und wie sieht er aus?! Kasig, eingefallen, um und um
von einer schwarzen Dreckkruste bedeckt - Hände und
Arme aufgeschlagen und blutig. Mein erster Gedanke ist,
der ist da heraufgeklettert, wo der Lokussack vom
Münchnerhaus und all die andern Abfälle hinuntergeleert
werden. Doch es verhält sich anders: nachdem Brandmaier
ihm in letzter Minute seine Begleitung zur Scharnitzspitz-
Tour abgesagt hat, fährt er noch abends um sechs Uhr mit
dem Rad nach Hammersbach und steigt zur Höllental-

63

angerhütte auf. Hier schläft er 3 Stunden und bricht dann um halb zwei Uhr zur Zugspitze auf. Am vereisten Ferner gleitet er aus und rutscht ungefähr 50 bis 60 Meter an demselben hinunter und schlägt sich beide Arme und Hände auf, so dass das Fleisch bloß liegt. Erst als eine nachfolgende Partie Stufen schlägt, ist es möglich hoch zu kommen.

Er behauptet, keine Schmerzen zu haben, will sich nicht verbinden lassen und macht sich gleich mit uns an den Grat. Alles geht flott dahin, nur bei Göhring geht es sehr langsam. Wir wissen alle, dass diese Tour das Maß seiner Leistungsfähigkeit übersteigt, aber er ist ein guter Kerl und keiner hatte den Mut, ihm das zu sagen. Wir leeren ihm seinen Rucksack aus, einen Teil übernimmt Rudl, den anderen ich. Solange als möglich gehen wir in Stiefeln, doch dann folgen einige Kletterstellen und wir legen die Patschen an. Göhring murkst und Rudl nimmt ihn ans Seil. Furchtbar lang brauchte er zur Überwindung einer Stelle. Nur gut, dass das Wetter so günstig und wir weder Nebel noch Regen zu befürchten haben. Ganz herrlich ist dieser Grat! So luftig und frei, mittelschwer, aber zwischendurch doch gewürzt mit reizvollen Klettereien. Die anderen gehen in flottem Tempo durch, Rudl und ich bleiben bei Göhring. Beim Hütterl erwarten uns die anderen und nun wird gemütliche Rast und Brotzeit gehalten. Bier und Limonaden haben sie sich mitgenommen, ich aber habe nicht den geringsten Durst, Gottlob! Neu gestärkt geht es weiter. Die Hälfte liegt hinter uns. Arthur, Bichlmeier und Schmidt gehen wieder voraus, ich aber unterstütze Rudl in der Nachhilfe unseres Sorgenkindes. Dann klettere ich wieder in wieselartigem Tempo dahin, rauf und runter, immer die schwierigsten Stellen aussuchend, um dann wieder an einem schönen Fleckchen nieder zu sitzen, den Rundblick zu genießen, und auf die beiden zu warten. Das ist sehr gemütlich für mich. Ich bin heute ganz groß in Form, spüre nicht die geringste Müdigkeit und bin froh, dass unser Grat noch lange nicht zu Ende ist.

Anders Göhring: seine Dachdeckerschuhe sind schon ein einziges Loch und hat er keinen Halt mehr damit. Eine Weile geht's noch damit, dann wirft er sie, begleitet von den schönsten Flüchen in hohem Bogen über die Felsen hinunter. Aber in Socken geht es nicht besser. Bald hat er wunde Füße und kommt aus dem Jammern nicht mehr heraus. Die Stiefel kann er auch nicht anziehen, da sie nicht genagelt sind. Ist doch ein Leichtsinn mit solch mangelhafter Ausrüstung eine derartige Tour zu machen. Jetzt klagt er über höllischen Durst - er ist einfach fertig. Schritt für Schritt schleppt er sich dahin und nur die Aussicht, dass die anderen, die auf uns an der Grieskarscharte warten noch eine Flasche Bier haben, lässt ihn nicht ganz umfallen. Ich bewundere die große Geduld Rudls, der ihm keinen Schritt von der Seite geht und rührend um ihn bemüht ist. Im Abstieg helfe ich von unten nach, sichere ihm die Füße und muntere ihn dauernd auf. Dann klettere ich wieder ganz langsam vor ihm her, ihn gleichsam zwingend mitzukommen, aber immer wieder bleibt er zurück. Aber mit Geduld und großer Mühe bringen wir ihn doch endlich auf die Grieskarscharte, wo er seine Halbe bekommt und dann für Minuten der ganzen Umwelt entrückt ist. Vier Uhr ist es inzwischen geworden, die anderen gehen endgültig, um die letzte Kabine noch zu erwischen, die um sechs Uhr zu Tal fährt. Ich kann und will Rudl bei seiner Sorge um Göhring nicht allein lassen und bleibe, selbst auf die Gefahr in Garmisch übernachten zu müssen. Während des Abstiegs durchs Grieskar fällt Nebel ein. Göhring behauptet jetzt tatsächlich nicht mehr weiter zu können und will uns fortschicken. Einige Schritte macht er immer um dann wieder stehen zu bleiben. Allmählich werden wir aber doch nervös. Rennen ein Stück voraus, um dann wieder endlos warten zu müssen. Rudl meint, dass es bei ihm auch an Energie fehlt, er mag einfach nimmer. So geht das fort, das Kar hinunter, drüben ein Stück hinauf, dann über die Schöngänge, zur Hochalm und gegen acht Uhr, als es längst schon dunkel geworden, landen wir am Kreuzeck. Hier telefoniere ich erst nach Hause, dass ich nicht komme, dann zu Onkel um mich für die Nacht anzumelden. Dann beginnt der Kampf von Neuem. Göhring hat sich wohl etwas erholt, anfangs geht es ganz gut, aber dann ist es wieder endgültig aus. Dabei ist die Nacht stockdunkel, dass selbst Rudl, der doch den Weg durch und durch kennt, aufpassen muss. Zehn Uhr ist es längst vorbei, als wir unten ankommen. Ich spüre immer noch keine Müdigkeit, könnte noch stundenlang laufen, aber bin trotz allem sehr befriedigt, ob der in Erfüllung gegangenen Tour. Dann krieg ich noch ein Lob, drücke zwei Hände und beziehe dann bei Onkel mein Nachtlager. Am nächsten Tag um acht Uhr fahre ich wieder nach Hause.

Sonntag: 7. Oktober 1934

Eppzirlalm - Schartl - Solsteinhaus und zurück

Man darf sich nur auf etwas freuen, dann wird es bestimmt nichts. Wie ich am Montag früh heimkomme, legt sich Mutter sofort in's Bett, da sie sehr erkältet ist. Arthur wird von dem Doktor über eine Stunde verbunden und muss auch liegen (wegen der Verletzung vom 30. September: nächtlicher „Ausrutscher" am Höllentalferner, siehe Geschichte vorher). Also, ade Solsteinhaus und Nordwand und Grat! Einen ganzen Tag heule ich ununterbrochen und ich habe ein Gefühl, als wäre ich innen ganz hohl. Da freut man sich nun ein ganzes Jahr auf diese paar lumpigen Tage - umsonst. Dabei ist herrlichstes Wetter und ich renne dauernd zum Fenster sehe klar und rein die Berge in den blauen Herbsthimmel ragen und komme mir vor wie ein gefangener Vogel. Als es Mutter dann nach Tagen besser geht, schreibt mir Franz, dass er nicht mehr auf dem Solsteinhaus ist. Also endgültig aus!

Am Freitag schlägt das Wetter um, es schneit bis in's Tal und am Samstag werden sämtliche Grenzscheine eingezogen. Unsere Empörung und Wut ist maßlos. Aber ich gehe noch mal hinüber, muss einfach! Muss doch Abschied nehmen, wenn es schon so sein muss. Am Sonntag gehe ich auf den 8.30-Uhr-Zug, pflanze mich vor der Tür der Zollhalle auf, schlüpfe, als der Beamte aufsperrt flink unter ihm durch, sause im Schuss durch die Halle und hinein in den Zug. „Gerettet" geht es mir durch's Hirn. Aber „o Graus"! Da schießt ein Schandi daher, direkt zu mir in den Wagen und will mich wieder raus haben. Aber ich bleibe fest sitzen. Ich bettle was ich kann, er soll mich nur noch ein einziges Mal rüber lassen, schau ihn so herzerregend an, wie ich es nur in höchster Seelennot kann - und siehe da - es schmilzt das Eis in seiner grünen Brust - und er drückt für heute noch mal ein Auge zu.

Dann fahre ich nach Gießenbach, steige hinauf zur Eppzirlalm und nachdem es schon zum letzten Mal ist, will ich auch über die Scharte zum Solsteinhaus. Die letzte halbe Stunde zum Schartl liegt der Schnee einen halben Meter tief. Dazu ist er sehr verweht, so dass ich oft ganz tief in Löcher falle. Außerdem habe ich nur Kniestrümpfe an und muss stellenweise bis zu den Schenkeln im Schnee waten. Das ist sehr kühl. Den Rock hab ich schon längst im Rucksack und ist es nur gut, dass kein Mensch um die Wege ist. Es ist schon eine narrische Schinderei, aber ich muss es schaffen und tu es auch. Drüben hinunter ist es bedeutend besser. Die Sonne brennt mächtig ins südseitig gelegene Kar und lässt den Schnee zerrinnen. Von den Felsen plätschert es in hundert Bacherln und ich habe das Gefühl, als ob es Frühling werden würde.

Am Solsteinhaus kann ich außer den alten Tutzers auch Franz begrüßen, der über Sonntag von Fulpmes heraufgekommen ist. Nun können wir mit vereinten Kräften jammern um unsere verlorene Touren und über die scheußlichen Grenzverhältnisse. Dann begleitet er mich zurück bis zur Scharte. Von hier blickt der gute Franz sehnsüchtig hinüber ins Deutsche Reich und ich blicke noch ein letztes Mal über all die lieb-vertrauten Gipfel und Grate hinweg, die ich nun so lange nicht mehr sehen soll. Dann drücken wir uns die Hände und ich steige wieder hinunter ins schneekalte Kar. Droben steht noch immer Franz und schaut mir belustigt zu, wie ich Hax für Hax in meine halbmeter tiefen Spuren setze. Auf der Alm gibt es noch noblen Abschiedstee mit großen Abschiedszeremonien. Doch dann muss es sein. Noch lange winkt die „Anemone", bis ich ihren Blicken entschwunden bin.

Still und in Gedanken versunken ziehe ich talaus. Die schönsten Erinnerungen sind mit diesem einzigartigen Erdenwinkel verknüpft. Sie alle ziehen heute an mir vorbei und machen den Abschied doppelt schwer. Ich tröste mich: einmal muss es ja doch wieder ein Wiedersehen geben und das wird dann gefeiert - aber schon ganz groß!!!

Sonntag, 14. Oktober 1934

Wörner
(mit Verwalter Preu)
Verwalter Preu war beim Reichsarbeitsdienst am Schmalensee. Er war verheiratet. Mit Frau und dem kleinen Buben wohnte er bei uns in der Wohnung im 3. Stock).

Die ganze Woche scheint wieder kräftig die Sonne und frisst wieder einen gut Teil Schnee von den Bergen herunter. Da beschließe ich, Verwalter Preu auf eine Tour mitzunehmen, da er mich schon lange darum gebeten hat. - Das Wetter ist föhnig. In der Oberen Hälfte liegt ein halber Meter Schnee und wenn nicht vor uns eine Zweierpartie der Sektion Hochland Tritte und Stufen gemacht hätte, glaube ich kaum, dass wir es geschafft hätten. Nur sind die Tritte für die Beine des kleinen Verwalters zu weit auseinander, die neuen brechen aus und somit muss ich bald von oben, bald von unten nachhelfen. Mit den Händen wühle ich aus dem Schnee die Griffe, dabei friert uns an die Finger, dass wir schon längst jedes Gefühl verloren haben. Auf dem Gipfel zieht's tüchtig und so ist unsere Rast nur kurz. Der Abstieg geht wesentlich schneller: wir rutschen, das Verwalterle auf dem Hosenboden, dessen Leder sich wie ein Schwamm vollgesaugt hat. Jetzt eine bloß gelegte, lange steile Eisplatte: ich verspreize meine langen Haxen an die Felsen zu beiden Seiten der Rinne und bin schnell unten. Mein Begleiter behauptet der Sache machtlos gegenüberzustehen. Im Spaß mache ich ihm den Vorschlag, einfach auf dem Po runterzurutschen, ich werde ihn schon auffangen. Das lässt er sich nicht zwei mal sagen und eh ich mich versehe, kommt er schon hopp, hopp über die Platte heruntergesaust. Und, ahnungslos wie ich bin, kann ich den schweren Brocken kaum derhalten und fast reißt er mich auch mit. Aber wir landen doch glücklich wieder unten (Abstieg zur Vereinsalm) und mein Gefährte ist hochbefriedigt über die herrliche Tour. - Befriedigt bin auch herrliche Tour. - Befriedigt bin auch ich, ihm diese Freude geschenkt zu haben.

Sonntag, 28. Oktober 1934

Große und kleine Arnspitze

28. Oktober, in wenigen Tagen schreiben wir den grauen Monat November und noch sind die Tage nicht grau und weiß, sondern leuchtend blau!

Wir genießen ganz das Glück dieses strahlenden Spätherbsttages, als wir zu dritt - Arthur, Brandmaier und ich - durch den bunten Wald aufwärts steigen. Mit letzter Kraft verströmt die Sonne all ihre Wärme . Oben, am latschenbestandenen Kamm ist es sommerlich heiß. Dem Latschenfeld entströmt ein heißer, wilder duftender Atem. Um die Hütte und nordseitig liegt Schnee, aber südseitig ist alles aper. Lange genießen wir auf der „Großen" die Gipfelrast. Arthur kocht uns auf dem neuen Kocher mit viel Warten und Umständen den ersten Gipfeltee und brennt dabei ein Mordsloch in seinen Rucksack. Mich kann er wenig stören. An einem windgeschützten Fleckerl liege ich wohlig in der Sonne und hänge meinen Gedanken nach. Doch ab und zu muss ich doch hinüberblinzeln zur „Kleinen". Weiß und hell lockt der Fels wie im Sommer. Wir waren noch nie droben, soll eine nette Kletterei sein. Wer weiß, wie lange das Wetter noch so günstig bleibt - auf geht's, die pack' ma no!

Durch Latschengestrüpp queren wir hinüber zu ihrem Sockel und schauen fragend zu dem schlimm aussehenden Querband hinauf, zu dem Nagelspuren führen. Hier muss der Einstieg sein. Der „Führer" liegt natürlich schön brav zu Hause.

Arthur versucht es schon. Der Quergang entpuppt sich als Kriechband und ich lache mich halb tot, wie mir jetzt ein sonst bei Arthur ungewohntes „G'stell" zu Gesicht kommt: er liegt auf dem Bauch, der schon hochrote Kopf weit unten, den Hintern hoch in den Lüften, da und dort baumelt ein Hax heraus und er versucht verzweifelt aus dieser misslichen Lage herauszukommen, woran ihn der verklemmte

Rucksack hindert. Wir ziehen die Nutzanwendung: halten uns an den großen, festen Griffen des Bandes, verstemmen die Füße unten am glatten Fels und kommen mühelos hinüber. Nach einem leichten Mittelstück folgt jetzt eine ganz reizende, genussreiche Kletterei. Wir haben die „Patschen" angelegt und langsam, ganz mit Genuss arbeiten wir uns hinauf. Kosend und schmeichelnd lege ich die Hände um die Griffe und schmiege mich an den kühlen Fels; denn ich fühle es, es ist die letzte Tour dieses Jahres. An mir ziehen all die seligen Stunden in leichtem und schwerem Fels dieses Klettersommers vorüber und zutiefst im Herzen sitzt ein kleiner, stechender Abschiedsschmerz. Dann sitzen wir auf dem kleinen Gipfel, auf dem wir zu dritt gerade Platz haben und schauen still hinweg über das heut so selten klare und reine Gipfelmeer. Jeder hängt seinen Gedanken und Empfindungen nach, die wohl so ziemlich die gleichen sind. Dann klettern wir noch hinüber zum Doppelgipfel und dann geht's wieder abi. Ich bin gerade an einer etwas kitzligen Stelle, alles ist ruhig und mit seinen Griffen und Tritten beschäftigt, da passiert Arthur etwas allzu menschliches: ...

Das platzt so jäh in meine stille Versunkenheit, dass ich vor Schreck beinahe abgestürzt wäre. Der Zauberbann ist gebrochen. Ich schimpfe gottesjämmerlich auf den unverbesserlichen Flegel. - Nachdem wir wieder die Schuhe gewechselt, geht's langsam hinauf auf die Scharte und von hier in irrsinnigem Rasen durch die Hasellahn in einer halben Stunde hinunter ins Ried. Arthur rennt und springt ohne Pause dahin und wir wie die wilde Jagd hinterher. Nur einmal legen wir uns der Länge nach einige Minuten auf den Boden. In mir ist alles durcheinandergerüttelt von dem Hopsen und Springen - Darmverschlingung wäre kein Wunder. Ziemlich hin sind wir alle drei. Ausgestreckt liegen wir auf der abendlichen Waldwiese und eine „Fatamorgana" in Form einer Maß Weißbier schwebt den Mannsbildern vor Augen. Dunkle Nacht ist es, wie wir zuhause landen.

Jula und Arthur Nemayer auf der kleinen Arnspitze.

Sonntag, 3. Februar 1935

Wank - Esterbergalm
(mit Arthur und Hans Brandmaier)

Ein trüber, verhangener Sonntag. In Garmisch auf der großen Olympiaschanze Schlussspringen der Deutschen Meisterschaft. Um 10 Uhr fahren wir hinaus. Aber das für 11 Uhr angesetzte Springen muss wegen Schneetreiben um 1 Stunde verschoben werden. Geduldig warten wir. Als aber nach 3 missglückten Probesprüngen um 1 Uhr das Springen auf die kleine Schanze verlegt wird, das Schneetreiben immer stärker wird und uns schon ganz nett friert, schieben wir ab, um aufs Kreuzeck zu fahren. Da erfahren wir aber, dass der gesamte Betrieb heute wegen Schneesturm eingestellt ist. Also auf den Wank! Aber auch hier klappt es nicht. Sollte jedoch der Sturm etwas aussetzen, wird noch eine Kabine zu Berg gelassen. Also legen wir das Geld, das für die Bahnen bestimmt war nebenan im Gasthof in einem guten Mittagessen an - und warten. Da kommt der Schaffner: wir fahren! Auf geht's! Noch 3 Unentwegte steigen mit uns in die Kabine und dann schweben wir hinein in die brodelnden Wolken. In allen Tönen heult der Sturm, schaukelt die Kabine und zerrt und rüttelt an unseren Skiern, die hinunter zu fallen drohen.
Da muss der Schaffner das Fenster öffnen und die Brettel halten. Immer mehr schwankt unsere Gondel und jetzt kommt ein Träger. Ganz langsam fährt sie jetzt, steht fast still. Keiner von uns rührt sich, bis wir glücklich durch sind. Oben tobt der Sturm ganz fürchterlich und wir eilen schnell hinauf zum Haus. Man bekommt keinen Atem und muss sich jeden Schritt nach oben erkämpfen. Dann sehen wir aus diesen großen Fenstern hinaus in das Toben der Elemente, trinken Kaffee und warten. Aber der Sturm will sich nicht legen. Da mummen wir uns nordpolartig ein und nehmen ihn dann auf, den Kampf gegen die wütenden Natur-

gewalten. Ganz langsam müssen wir fahren, dicht beisammen, um uns nicht zu verlieren; denn man sieht nur auf Meter. Wie glühende Nadeln jagen die Eiskörner ins Gesicht und kaum kann man die Augen offen halten. Mittendrin versinkt man wieder in metertiefen Schneelöchern aus denen man sich nur mit Mühe wieder rausarbeiten kann. Aber es ist höchst romantisch. Nach unten auf der Esterbergalm tobt der Sturm wie wahnsinnig. Ganze Wände von Schneestaub und Eisnadeln schiebt er uns entgegen. Erst im Walde lässt er etwas nach und haben wir da eine ruhigere Abfahrt.

Somit haben wir trotz Schneesturm unsere sonntägliche Skitour absolviert und mehr Glück gehabt als die armen Bergwachtleute Beck und Hillinger, die an dem selben Tag am Wank im Schneesturm umgekommen sind und die fünf Reichswehrsoldaten, die am Krottenkopf den weißen Tod fanden.

Beck aufgefunden am 7. und Hillinger am 22. Mai, nach wiederholtem, vergeblichen Suchen.

Dienstag, 19. Februar 1935

Dammkar-Scharte
(mit Verwalter Preu)

Um 9 Uhr Abmarsch. Es ist ein sonniger Tag, aber das Kar, in das noch keine Sonne kommt, total verharscht. Oben sitzen wir lange in herrlichster Sonne. Dann geht's ab. Wie verharscht es aber ist, stellt sich jetzt erst heraus. Zwei Herren haben wir noch getroffen und da ihnen und auch dem Verwalter Preu die Abfahrt neu ist, lassen sie mich voraus. Etwas vorsichtig fahre ich durch die Felsen und schieße dann hinaus ins Kar. Aber da reißt es mir auch schon die Brettel unter den Füßen weg und jetzt geht es in rasender Fahrt auf dem bockhart gefrorenen Schneehang abwärts. Ich versuche zu bremsen mit Händen und Stöcken, haue immer wieder vergeblich den Stockknauf in den Harsch. Es überschlägt mich, Luft kriege ich auch keine mehr und jetzt geht's gar mit dem Kopf nach unten dahin. Da sehe ich mit Entsetzen, dass ich auf eine Felsrippe zusteuere. Mit größter Anstrengung werfe ich mich aus dieser irrsinnigen Fahrt um mich herum, einmal, zweimal, dreimal - und schon sause ich um Handbreite an dem Felsen vorbei. Nun wird das Kar flacher und endlich kann ich mich aufhalten, nachdem ich über 200 m so heruntergeflitzt bin. Noch sitzt mir der Schrecken in allen Gliedern und ich schwöre mir hoch und heilig nicht mehr in dieses „Eisgrab" zu gehen, bevor nicht die Sonne hereinblinkt. Ich sehe nach oben - die drei stehen noch immer an der selben Stelle. Gott sei Dank, dass es nicht umgekehrt gegangen ist - ich würde heute noch oben stehen. Langsam stehe ich auf, damit sie sehen, dass ich noch ganz bin. Nur sehr vorsichtig gehen sie ans Werk - trotzdem kommt der kleine, dicke Verwalter wie eine Lawinenkugel heruntergerollt. Da kann ich endlich wieder lachen. Aber er hat mehr Glück. An einer Wächte bleibt er bald pappen. Unter grässlichem Geklapper und Geschepper rattern unsere Bretter dahin und großes Wehklagen allerseits, wenn man zu Boden muss. - Noch nach Tagen bin ich blau wie eine Zwetschge und komme mir wie eine geräderte Märtyrerin vor.

Sonntag: 10. März 1935

3 x Kreuzeck - Abfahrt

Heute ist letzte Standard-Prüfung und da will ich doch mein Glück versuchen, obwohl ich es so viel wie sicher weiß, dass ich nicht durchkomme. Um 7.08 Uhr fahre ich nach Garmisch. Arthur fährt auch mit, macht aber den Abfahrtslauf vom Eckbauer mit. Über Brandmaier bin ich sehr aufgebracht; er ist bei Arthurs Staffel, lässt ihn aber wegen Mariele im Stich, da dieselbe auf's Kreuzeck fährt. Im Keuzeck-Tal ist Riesenbetrieb und müssen wir, trotzdem wir schon vor 8 Uhr da sind, nach unseren Karten zweieinhalb Stunden warten. Um 10 Uhr ist aber schon die Prüfung. Die anderen Mittenwalder, die sie auch machen, gehen zu Fuß, während ich zum Glück Rudl treffe, der mir eine frühere Platzkarte gibt, mit der ich um 10 Uhr oben ankomme. Durch Rücksprache mit Herrn Huber hat er für uns Mittenwalder die Nummern ab 23 reserviert. Ich habe mir die 23 genommen. Erst war ich sehr ruhig, wie ich aber die Brettel anziehen will, klappt die Sache nicht, da ich eine neue Bindung hab. Ich murkse und murkse und werde ganz nervös, da das Rennen schon angefangen hat und ich fürchte nicht fertig zu werden. Da kommen auch schon die anderen zu Fuß und Martl hilft mir die Riemen zu verstellen. Kaum sind wir fertig, kommt meine Nummer und vollkommen abgehetzt, starte ich. Die Brettel habe ich etwas stumpf wachsen lassen, da die Bahn heute wahnsinnig schnell, ausgefahren und vereist sein soll. Kerzengrad sause ich hinunter ins „Loch" und höre noch wie einer der Zuschauer sagt: „die macht's", da liege ich auch schon drin im „Loch". Schnell auf und hinein in die Rodelbahn. Ich bin sie noch nie gefahren und habe schon nach Sekunds eine Affenfahrt. Dabei ist sie so schmal, dass man nicht im geringsten abstemmen kann, so holperig, dass es einen nur so hin- und herwirft

79

und zu beiden Seiten über einen Meter hohe, gefrorene Schneewälle. Da kriege ich es mit der Angst zu tun, lasse mich fallen und schon bin ich mit beiden Skiern fest in den Wällen verankert - knapp nach einer Kurve. Verzweifelt versuche ich mich zu befreien, denn jeden Augenblick muss die nächste Nummer kommen und dann gibt es einen gefährlichen Zusammenstoß. Mit beiden Händen grabe ich die Brettel heraus, schnell an die Mauer gedrückt - und schon rast Martl mit Nummer 25 vorbei. Bald habe ich wieder irrsinnige Fahrt, wieder ein zeitraubender Sturz - und jetzt weiß ich, dass ich nichts mehr machen kann. Aber weiter. Natürlich muss ich jetzt ein Stück schieben und verliere wieder wertvolle Sekunden. Beim nächsten Sturz verliere ich den Stock und muss einige Meter wieder hinauf. Aber auch jetzt gebe ich nicht auf, so sehr es auch der „innere Schweinehund" verlangt. Schon geht es hinein in das steile Waldstück über lauter Eisplatten. Schon überschlägt es mich wieder. Da brüllt mich ein dort stehender Posten an: „so fallen Sie doch wenigstens vernünftig!". Das hilft. Ich auf und jetzt geht es ruhig, ohne Sturz, in gutem Tempo tadellos dahin und durch's Ziel. 17.21 Minuten, also nicht bestanden. Fast drei Minuten zu viel. Wenn ich mir in der Rodelbahn nicht alles so vermasselt hätte, das letzte Stück hätte mich herausgerissen.

Aber ich kann mich gar nicht ärgern und bin vollkommen befriedigt. Von 150 haben die Prüfung nur 40 bestanden. Rudl ist zur Abwechslung auch mal wieder mitgefahren. Ich krieg von ihm wieder eine Platzkarte, mit der ich gleich auffahren kann. Oben treffe ich Dr. Brandmaier und Kleinhans und verdösen wir den Nachmittag in Liegestühlen in der köstlichen Sonne. Mariele und Hans aber haben sich längst verzogen. Plötzlich taucht er auf, ganz kasig und verstört: Mariele hat sich verletzt! Da bringen sie auch schon zwei Bergwachtleute daher. Von der Hochalm herüber ist sie gestürzt und hat Schmerzen unterhalb des Knöchels. Mit Sanitätern wird sie dann durch die Bahn hinunter befördert.

Ich will mitfahren, doch will sie es nicht haben. Mit Dr. Brandmaier, Kleinhans und Gablet, der auch noch da ist, fahre ich dann über die Kreuzwankln ab. Die Abfahrt ist heute so herrlich, dass wir noch mal hinauf wollen. Am Marktplatz steigen wir in ein Taxi und fahren hinüber. Erwischen gerade noch um 6 Uhr die letzte Kabine und dann geht's die Kochelbergabfahrt hinunter. Ich fahre wie noch nie, so dass ich meine Begleiter bald weit überholt habe. Es ist kein Mensch mehr auf der Strecke, so dass wir uns richtig entfalten können.

Sonntag, 28. April 1935

Dammkar

Ich gehe mit Arthur weg. Am Bankerl warten wir auf Brandmaier und Knilling und steigen zusammen auf. Es ist ein richtiges Aprilwetter. Bis zum Bankerl hat es geregnet und jetzt sehen wir durch den Vorhang eines dichten Schneegestöbers draußen auf den Wiesen der Schmalenseehöhe die Sonne liegen. Bald jedoch hört es auf und eine jähe Wärmewelle lässt uns die Sonne ahnen, die auf die Wolkenschicht über uns drückt. Da donnern auch schon von allen Wänden die Neuschnee-Lawinen herunter; denn es hat ja wieder einen halben Meter dazugemacht. Nass und schwer fällt er mit dumpfem Knall herab und bleibt sofort liegen. - Wir sind schon um die Ecke des „Großen Steins" und stehen gerade unter der rechts abfallenden, ca. 30 m hohen Wand, als plötzlich eine Lawine dicht neben uns niedersaust. Der Hauptdreck fällt 2 m vor uns nieder und Arthur, der am nächsten dran steht, kriegt noch einige Brocken ab. Er will schnell weg, aber die Gurten unter den Skiern hemmen und schon hat er solche Klumpen drauf, dass er nicht mehr vom Fleck kommt. In der ersten Sekunde dachten wir nicht an Flucht, da doch die anderen Lawinen alle liegen blieben. Als wir aber Arthur ganz verstaubt drin sitzen sehen und die Masse sich weiter bewegt, erschrecken wir doch und denken an Rückzug. Zu meinem Lobe muss ich sagen, dass ich die Situation sofort erfasst habe und ganz richtig gehandelt: schnell gewendet und in Fallrichtung der Lawine abgefahren, was mit Fellen ganz gut ging. Etwas schwach mögen mir die Beine wohl geworden sein; denn es hat mich gleich nach hinten auf die Skier gesetzt. Bevor ich wende, sehe ich noch, wie Brandmaier und Knilling auch daraus stürzen wollen, sich dann aber überpurzeln. Da muss ich trotz allem lachen; denn es ist ganz das gleiche Bild wie auf der Titelseite von Paulcke's

Buch „Gefahren der Alpen". Da stehen auch einige Skifahrer in komischem Entsetzen unter einer Wand, über die gerade eine Lawine herunterstürzt. Als nichts mehr kommt, helfen wir Arthur heraus. Um und um ist er voll Schnee und hat es ihm einen Skistock abgedrückt. - Wir haben großes Glück gehabt; denn wären wir nur einen Meter weiter gewesen, dann hätte uns diese schwere, nasse Masse wohl übel mitgespielt. Höher steigend, stecken wir bald in dichtestem Nebel und Graupeln und flüchten in die Höhlen unter den „Kircheln". Hier warten wir eineinhalb Stunden auf bessere Sicht und haben dann schöne Abfahrt bis zum „Stein". Der große Hang ist inzwischen zu einem einzigen großen Lawinenfeld geworden und im unteren Teil vom Kanonenrohr ist der Schnee nass und schwer. Um 4 Uhr sind wir wieder zu Hause. Beim letzten Teil der Abfahrt hab' ich mich noch in eine Pfütze gesetzt und sehe ich dementsprechend aus.

Sonntag, 5. Mai 1935

Krinner-Kofler-Abfahrtslauf im Dammkar

Schon seit den frühesten Morgenstunden herrscht stetes Kommen. Mit Autos, Rädern und Motorrädern kommen sie angerückt, einer hinter dem andern. Im Wettlaufbüro geht es zu wie in einem Bienenhaus, haben doch 224 Läufer ihre Nennung abgegeben. Dort treffe ich auch Rudl usw. und wir gehen um 9.15 Uhr zusammen weg. Das Wetter ist gut, nur etwas windig. Nach 9.00 Uhr kommt ein „K.d.F."-Sonderzug und anschließend schieben ganze Karawanen hinauf ins Dammkar. Am Weg staut sich alles, man wird von selbst vorwärts geschoben. Es sind am heutigen Tag weit über 2000 Personen oben, bisher der Rekord! Eine ausgetretene Stufenleiter führt heute hinauf bis zur Scharte und Mann hinter Mann geht es empor in zusammenhängender, unaufhörlicher Schlange. In genau 3 Stunden sind wir auf der Scharte. Nach kurzer Rast fahren wir ab bis zum „Großen Stein", um das Rennen besser verfolgen zu können. Während vergangenes Jahr nur einzelne das Kar im Schuss durchfuhren, stürzt sich heuer fast alles in gerader Linie über die Hänge. Gespannt bin ich auf Arthur! Auch er setzt an, kommt in rasendem Tempo und sauberer Haltung daher, stürzt aber an der bestimmten Stelle, die schon durch tiefe Löcher gekennzeichnet ist. Er schlägt einige Saltos - und verlässt mit 2 spitzellosen Skiern den Schauplatz seiner Niederlage. Einer schlägt gleich 5 Saltos hintereinander und so geht es fort.
Dicht verstreut liegen Skispitzel, Stöcke und Kopfbedeckungen; einer hat einen in 8 Trümmer zersplitterten Ski. Nur ganz wenige durchstehen dieses Höllentempo und wäre der Schnee nicht so günstig, gingen die Stürze nicht alle so glimpflich ab. Unsere Mittenwalder haben natürlich wieder das größte Pech. Noch weitere 4 müssen wegen Verletzung und Skibruch aufgeben. Dann verlegen wir unseren

Zuschauerplatz hinunter zum Dammbödele und schließlich ins Kanonenrohr. Hier geht es am wildesten zu, man muss die Läufer förmlich herausgraben. Zwei müssen abtransportiert werden, 8 werden notdürftig verbunden. Noch bevor der Lauf ganz beendet ist, fahren wir ab, um nicht in den Haupttrubel hineinzukommen. Unten ziehe ich mich schnell um und dann heißt es zum „Kampfgericht" und Ergebnisse schreiben. Inzwischen sind ganz unglaubliche Zeiten errechnet worden. So hätte Ralf Lange vom SC Garmisch eine Zeit von 1:17 Minuten, was von den Läufern als unmöglich nicht anerkannt wird. Nach Vergleichung der Stoppuhren stellt sich heraus, dass diese nicht stimmen und kommt nun überall eine Minute dazu. Der beste Mannschaftspreis fällt ebenfalls dem SC Garmisch zu. Das Ziel war oberhalb der Kälberalm. Die Läufer hatten eine Geschwindigkeit von 60 bis 100 Kilometern pro Stunde, so wurde behauptet.

Fronleichnam, 20. Juni 1935

Vereinsalm - Soiern - Schöttlkarspitze - Krün

Am Mittwoch abends um halb 6 Uhr gehe ich weg. Es ist ziemlich trüb und frisch und scheint noch regnen zu wollen. Am Stichbödele esse ich mein Abendbrot und dann trabe ich gemütlich weiter. Bald klart es etwas auf und golden geht im Westen die Sonne unter. Ihr Widerschein legt um Fichten und Tannen goldene Schleier, während die wilden Zacken der Kammleiten mit schwarz-violettem Licht übergossen sind. Meine Alm liegt schon im Abendfrieden: kein Laut regt sich, nur Fels und Baum und Wiese und die vielen Blumen erzählen mit ihrer stummen und doch beredten Sprache. Schon taucht das liebe Hütterl auf, davor die beiden Hüttenwarte Richard und Max mit dem Grenzschutzsoldaten Toni - Fußball spielend. Vor der Hütte nehme ich nun mein zweites Abendessen. Der Hias kommt nun auch von der abendlichen Pirsch - sonst ist kein Mensch mehr da. Ich habe es mal wieder glücklich erraten! Erst schauen wir zu, wie die Nacht an den Wänden herniedersteigt, dann gehen wir zu gemütlicher Unterhaltung in die Hütte. Max spielt Zither, Richard Gitarre und wir singen dazu - schön nicht, aber laut! Dann spielen wir „Schießen" mit darauf folgender großer Pfänderverteilung. Um halb 12 Uhr machen wir Hüttenschluss. - Anderntags weckt mich schon um 6 Uhr die Sonne, aber bald wallen wieder Nebelschleier über das Almfeld. Somit drehe ich mich nochmal um und erscheine erst wieder gegen 8 Uhr auf der Bildfläche. Zufolge eines Pfandes habe ich den Auftrag Toni aus seinem lieblichen Schlummer zu wecken und mache mich, wohl ausgerüstet mit einem Schrubber, an diese ehrenvolle Aufgabe. Verstohlen spitze ich zum Fenster hinein - aber der Gute liegt nicht auf seinem üblichen Ruheplatz. Scheint also die Abwechslung zu lieben! Ich schleiche zum nächsten Fenster, es ist nur angelehnt, und da sehe ich auch den

Toni, eingeschält bis zum Hals in einen Deckensalat. Da saust mein Schrubber durch's Fenster und nun wird er aus diesem Wirrwarr herausgekitzelt. Sehr erbaut scheint er von dieser Weckart nicht zu sein. „Ich hab´ doch eigens die Tür auflassen", ertönt es vorwurfsvoll. Vielleicht hat er gar gedacht, er wird mit einem süßen Kuss geweckt? Nichts zu machen, mein Liebling! Solche Sachen liegen mir nicht. Trotz allem aber will er mich heute auf meiner Tour begleiten, da er sowieso zu Tal muss. Inzwischen haben Richard und Max wundervollen Kaffee gebraut, und dann wird mit Eifer gefrühstückt. - Um halb 9 Uhr schieben wir ab. Es ist sehr kühl und von allen Seiten stieben die Nebel durcheinander, nur ab und zu einen Sonnenstrahl durchlassend. Ist uns auch heute die Weite versperrt, erfreut uns doppelt die Nähe. In bunter Menge bedecken die herrlichen Kinder Floras die Hänge und unsere bewundernde Freude will kein Ende nehmen: immer schönere, leuchtendere lachen uns zu. Der ganze Hang ist ein einziges gelbes Feld wild duftender Aurikeln. Dazwischen lugen mit treuen Augen die großen Glocken des Enzians und unter Blöcken und Steinen blitzt neugierig verschämt das Steinrösl hervor. Das Weiß des Alpenhahnenfußes und Fettkrautes wird übertrumpft von der leuchtenden Blüte des Alpenwindröschens, das auf langem, schwanken Stiele in Bewegung wetteifert mit der frischen Brise und den flatternden Nebelfetzen. Aus dem Tale dringen Böllerschüsse zu uns herauf - tragen sie doch heute den Herrgott durch die Straßen des Marktes. Hier oben aber spürt man, inmitten der herrlichen Schöpfung, seine Allmacht und Allgegenwart.

In eindreiviertel Stunden stehen wir auf dem Gipfel der Soiernspitze und dann springen wir wie zwei verliebte Gamseln auf dem Grat hinüber zur Schöttlkarspitze. Rauf und runter, über Blöcke und Stufen, uns eins fühlend mit den brodelnden Lüften. Auf der Schöttlkarspitze treffen wir eine Anzahl Reichsheerleute, die heute ihren freien Tag haben. Dann steigen wir hinunter zu den grünen Seen im Soiern-

kessel, die der Sommer noch immer nicht von den Schnee-
fesseln des Winters befreien konnte. Im oberen Königshaus
leisten wir uns eine Kanne Tee und ziehen Vergleiche zwischen der gemütlichen Häuslichkeit unserer Hütte und diesen kahlen Räumen. Und dann wandern wir auf dem ab-
wechslungsreichen Lakaiensteg hinüber zur Fischbachalm.
Gleich nach der ersten Kurve lachen uns aus dunklem Latschengestrüpp die ersten Alpenrosen entgegen, womit wir
unser Hütl schmücken. Die Fischbachalm selbst steht noch
einsam und verlassen und so wandern wir gleich weiter
nach Krün. Auf halbem Wege machen wir nochmals gemütliche Rast, da wir noch genug Zeit übrig haben, bis unser
Postauto um 5 Uhr in Krün wegfährt. Ein nachfolgender
Gewitterregen macht uns nur Spaß: natürlich mit Klepper!
Und dann schaukelt uns das Auto nach hause.

Sonntag, 30. Juni 1935

III. Begehung
der Gerberkreuz-Südwestwand

Im vergangenen Sommer ist diese Wand von Martl Schweiger und Willi Kronwitter erstmals durchstiegen worden; wenige Wochen später zum zweiten Male von Arthur und Hans Brandmaier. Und ich habe mir heute, zusammen mit Arthur die dritte Begehung geholt!

Gleich nach der Kirche gehen wir um dreiviertel 7 Uhr weg. Es ist ein herrlicher Tag, mit fast herbstlicher Stimmung: kühl und die Berge liegen verschwommen und unwirklich hinter feinem Dunst. Um 8 Uhr sind wir auf der Hütte und frühstücken erst mal gemütlich. Um halb 9 Uhr gehen wir auf dem Karwendelsteig bis zum „Gamseck" und dann in einer von Arthur selbst ausgeklügelten Route aufwärts. Sie sieht ihm auch sehr ähnlich. In direkter Richtung zum Einstieg führend, nimmt man alles mit, wie es gerade kommt: erst einige steile, steinige Geröllrinnen, dann ein latschenbewachsenes brüchiges Gratl. Dann queren wir in eine, heute noch schneegefüllte Rinne, aus der wir durch einen Kamin wieder heraussteigen. Und dieser ist gar nicht so einfach! Arthur will schon das Seil herausnehmen, aber da man ja nicht weit fallen kann, versuche ich es ohne. Langsam stemme ich höher, bis er so breit wird, dass ich mich umdrehen kann. Guat is ganga! Zur wahren Schinderei werden die nachfolgenden Grasbandeln. Wütend brennt die Sonne hernieder und erlöst atmen wir auf, wie wir endlich im Schatten der Wand stehen. Unter dem Nordkamin queren wir auf einem breiten Gamswechsel zum Einstieg. Hier gönnen wir uns eine kurze Rast und für den Durst bekommt jeder zwei Orangen. Dann legen wir Patschen und Seil an, Hammer, Haken und Karabiner werden verstaut - und auf geht's!

Ich schaue auf die Uhr: 11.20 Uhr. Erst klettert man einige Meter an einer Wand empor, dann in einen engen Riss, von hier aus auf ein kleines Gratl und mit einem langen Spreizschritt hinüber zur eigentlichen Wand. Hier wird es schwieriger und die folgende Seillänge verlangt schon harte Arbeit. Lange versucht es Arthur - aber es will nicht gelingen. Ein Haken fährt mit hellem Singen in den Fels. Rittlings sitze ich auf einem Block, angelehnt an einen zweiten, der als Turm gleich nebenan steht. Durch Zug habe ich nun Arthur zu halten, stets darauf bedacht, nicht selbst aus dem Gleichgewicht zu kommen. Ich selbst bin dann schnell drüben und liefere getreu den herausgeschlagenen Haken nebst Karabiner ab. Gleichmäßig schwierig sind die folgenden Stellen, bis dann wieder eine schwere Nuss zu knacken ist. Wie auf Kohlen stehe ich an einem schmalen Sims, unter mir die haltlose Tiefe und folge mit gespannter Aufmerksamkeit einer jeden Bewegung meines Gefährten. Er ist heute nicht in Form - bis 1 Uhr „Bozner Weinstube" - und murkst schon eine geraume Weile an einer mir nicht allzu schwer scheinenden Stelle herum. Ich habe von dem Aufwärtsschauen schon die Genickstarre und wage den leisen Einwurf, es doch links zu versuchen. „Halt's Maul", tönt es freundlich herunter und beleidigt verharre ich nun in tödlichem Schweigen. Lange sucht er nach einem Spalt für Haken, jeder bricht aus. Plötzlich saust über meinen Kopf ein Karabiner, gleich darauf ein Haken, begleitet von einem saftigen Fluch, in die Tiefe. „90 Pfennig zum Teufel", seufzt es von oben. Endlich sitzen die zwei Haken, er zieht eine Reepschlinge durch und macht sich dann, mit Hilfe meines Seilzuges an den Quergang. Ein Haken saust wieder heraus, der andere hält. Heilfroh bin ich, wie ich dann, schon ganz steif geworden, nachkommen kann. Und dann stehe ich am Haken. Für den linken Hax habe ich einen Tritt, für die rechte Hand einen, wenn auch höchst windigen Griff - und so versuche ich mit der Linken erst mal den Karabiner mit der Reepschnur zu lösen. Aber er hat sich zwischen

dem Fels verklemmt und erst einige wütende Hammer-
schläge bringen den Haken so weit nach außen, dass ich
ihn aushängen kann. Den Haken aber müssen wir opfern:
so viel ich mich auch bemühe, ich bringe ihn nicht mehr
heraus. Und nun spiele ich mit Leichtigkeit über den Wulst,
den Arthur durch Querung umgangen hat. Ich habe aber
auch ausgeschlafen! Nach einer weiteren nicht leichten
Seillänge kommen wir auf einen größeren Geröllfleck. Wo
es aber weiter geht, weiß Arthur nicht mehr. Er vermutet,
schon die beiden letzten Seillängen nicht mehr auf der richtigen Route gewesen zu sein. Er sucht immer nach einer
alten Latschenwurzel, die an einer scharfen Kante hängen
soll. Aber die ist wohl dem Winter zum Opfer gefallen. Er
versucht es mal rechts hinaus, kommt aber nicht weiter und
muss wieder zurück. Lange Zeit kostet uns dieses Manö-
ver. Dann quert er links hinaus und erkennt auch bald wieder die richtige Route. Ich habe zwar guten Stand, aber so
gar nichts für die Sicherung des Ersten und mir ist es gar
nicht geheuer, wie ich ihn nun weit draußen an senkrechter
Kante kleben sehe, die weit über die Tiefe heraushängt. Ich
atme erst wieder auf, als ich den Karabiner schnappen höre. Etwas beklommen quere ich dann hinaus, freue mich
dann aber unbändig, die Stelle so geschickt und schnell
überlistet zu haben. Man umgeht dabei auch sehr vorsichtig
einen großen, sehr wackeligen Block, der jeden Augenblick
in die Tiefe zu stürzen droht. Dann haue ich den Haken
heraus und wie ich ihn in der Hosentasche verstaue, fällt
mir aus der anderen der Hammer. Mir wird ganz schwül.
Doch gerettet! Zwei Meter unter mir bleibt er an einem
schmalen Simsl liegen. Nun muss ich nochmals den luftigen Weg um den wackeligen „Teufel" antreten, ein bissl
hinunter, und schon habe ich den Ausreißer! Wieder zurück
und dann an der Kante hinauf. Noch sind wir nicht am Ziel.
Seit einiger Zeit fällt nun auch die Sonne in unsere Wand,
welche sich besonders auf Arthurs Kopf nicht sehr günstig

auswirkt. Die nun folgende Seillänge besteht aus schrägen Bandeln, auf denen man wie die Katzen hinüberschleicht.

Um dreiviertel 3 Uhr drücken wir uns auf dem Gipfel die Hände, nach zweieinhalb stündiger, harter und doch so schöner, befreiender Kletterei. Wohlig strecke ich mich aus. Ich bin so selig, wie schon lange nicht mehr und richtig stolz auf meine Leistung und dürfen wir sie, als „dritte Begehung" noch im Gipfelbuch vermerken. Aber kein Bleistift ist da, und so sehr wir auch unsere Taschen und Rucksäcke ausgraben, es kommt keiner zum Vorschein. Da entdecken wir einige Meter entfernt stark verkohltes Holz, mit dem nun Arthur unsere Namen ins Gipfelbuch malt. Den schönen Titel „Ortsgruppenseilwart", den wir ihm am Pfingstsonntag hier oben zugedacht haben, verscherzt er sich heute wieder endgültig: er ist so müde, dass er das Seil, ohne es aufzurollen, als dicke Knäuel im Rucksack verstaut. - Herrlich ist heute die Sicht, aber es tut bitter weh, die lieb-vertrauten Tiroler Berge zu schauen, die man uns, - wer weiß wie lange? - genommen hat. In lockender Reinheit reiht sich Kette an Kette und ich glaube, das Karwendel ist doch das herrlichste, wildeste und schönste Gebirge auf Erden.

Dann gehen wir auf dem Grat hinüber zur Karwendelspitze und hinunter auf die Hütte. Wohlig bescheint uns die Abendsonne, alle Menschen sind schon zu Tal gestiegen und so können wir in Ruhe den Tag in uns verklingen lassen.

Samstag, Sonntag 27./28. Juli 1935

Ich schleiche über die Grenze!

Riedbergescharte - Unterleutasch - Oberleutasch- Gießenbach - Eppzirlalm - Solsteinhaus und zurück

Mein Entschluss steht nun fest: ich muss hinüber, gehe es wie es will! Am Samstag Mittag teile ich mein Vorhaben mit und zwar so bestimmt, dass niemand einen Widerspruch wagt. Sie wissen es alle, es ist doch zwecklos - und vor ich nicht drüben war, auch keine Ruhe.

Um 4 Uhr gehe ich weg. Der Himmel ist bedeckt und es ist furchtbar schwül. Am Zollamt fragt kein Schwein nach meinem Weg und ich laufe was die Beine hergeben über den „Gletscherschliff" auf dem Arnspitzweg zur Riedbergscharte. Ich schwitze wie noch nie in meinem Leben. Ich will es nicht zugeben, bin aber doch etwas aufgeregt. Nicht, dass ich Angst hätte! Aber sollte ein Posten da sein, müsste ich ja wieder zurück und es zieht mich doch heute alles hinüber in das schöne Landl, zu meinen lieben Bekannten und den vertrauten Bergen. Schon erspähe ich durch den Wald die Solsteinkette, die wilden Zacken um Eppzirl und in mir fängt es an zu jauchzen: ich komme, ich komme! In einer Stunde und 20 Minuten stehe ich oben an der Scharte. Sehe mich etwas um, erspähe aber nichts. Lautlose Stille ringsum. Unten sehe ich schon das grüne Tal der einsamen Leutasch mit dem Silberflüsschen und da fange ich an in wilden Sprüngen hinunterzuhetzen. Vorsichtig vermeide ich dabei, Steine abzulassen und benutze so gut wie möglich den rasigen Boden, um meine Spuren zu verwischen. In 20 Minuten bin ich unten. Schleiche von hinten über den Zaun und hinein in die „Mühle". Hier ist alles ausgeflogen auf die Felder zum Arbeiten. Nur die Wirtin selbst ist da und macht riesig erstaunte Augen über den seltenen unerwarteten

Gast. Die Kleider kleben mir am Leib und die Zunge am Gaumen. Aber eine Flasche Sprudel und einige Käsebrote bringen mich wieder in die Höhe. - Meinen Weiterweg habe ich mir so gedacht, dass mir die Frau Heiß ein Radl leiht bis Seefeld, mit dem ich anderntags wieder zurückkomme. Aber erstens kommt es anders und zweitens als man denkt: sie braucht ihres morgen selbst, wie auch die anderen Hausinwohner. Doch schreibt sie mir zwei Adressen auf, oberhalb der „Donnerrose", die mir evtl. eines borgen würden. Vor einer Stunde wäre der Omnibus abgegangen und so schicke ich mich wohl oder übel in mein Schicksal, das mich nicht so schnell vorwärts kommen lässt. Bis zur „Donnerrose" ist fast eine Stunde. Aber bald nach der Kirche treffe ich eine mir bekannte „Luitascherin", die mir ihr Rad für Geld und gute Worte bis dorthin leiht. Es hat zwar eine ganz schiefe Lenkstange und ich drohe gleich wieder runterzufallen, gewöhne mich aber schnell an die schräge Haltung. - Mit den angegebenen Adressen ist es natürlich nichts. Das eine Rad ist kaputt, das andere wird selbst gebraucht. So klopfe ich die nächsten Häuser ab: - erfolglos! Ich werde schon ganz mutlos. So komme ich ja heute nicht mehr auf die Alm und morgen nicht auf's Solsteinhaus. Ein Königreich für ein Stahlross! Da leiht mir endlich ein Bauer, den ich in der Küche auf dem warmen Herd (bei der Hitze!) liegend aufspüre, nur auf mein ehrliches Gesicht hin sein Rad bis zum „Seewirt", aber ich bin schon zufrieden. Zwei Schillinge bewirken, dass er grinst wie ein Holzfuchs und dann dampfe ich ab. - Ich habe nur mein Ziel vor Augen und wenig von dem unbeschreiblichen Frieden diese Tales strömt auf mich über. Kein Laut der großen Welt dringt vor in diese Einsamkeit und unbekümmert um alles Weltgeschehen arbeiten diese Menschen auf ihrem Grund und Boden. Die viergestaltige Grenzmauer des Wetterstein, Öfelekopf, Gernspitze und Hohe Munde hält ewige, treue Wacht. Auf ihren Zinnen geistert noch ein letztes Leuchten, während sich im Tale schon alles rüstet für den großen

Schlaf. Freundlich grüßen die Kinder, während der miss-trauische, fast feindselige Blick aus den Augen der Alten wohl schmerzt, aber nicht verletzt: lieben sie doch ihre Heimat und ihren Boden und stehen fremd und kalt allem gegenüber, was ihnen neu und unbekannt. Ich aber erfühle voll und ganz den eigenartigen Zauber, der über dieser Gegend liegt und verspüre tiefsten Groll auf diese unselige Grenzsperre, die mir auch dieses Tal verriegelt, das ja noch zu meiner engeren Heimat, zu meinen Bergen gehört.

Um 19.45 Uhr bin ich beim „Seewirt" und frage nach einer schnellen Verkehrsmöglichkeit nach Seefeld. Aber es existiert nichts. Omnibus ist schon weg, Auto, Motorrad, Rad, - nichts ist momentan vorhanden. Aber wenigstens zeigt mir der gute Mann einen Weg, der in einer „kleinen Stunde" nach Gießenbach führen soll. Umso besser! Eine Stunde bräuchte ich zu Fuß auch nach Seefeld und dann weiß ich immer noch nicht, wie ich von da noch nach Gießenbach komme. So lege ich denn wieder ein mörderisches Tempo vor. Erst ein Stück hinauf die Straße nach Seefeld, dann links in einem Feldweg über die „Böden". Erst ist der Pfad ganz gut, dann aber verwandelt er sich in ein Kiesbett, wo-von sich ein guter Teil in meinen Socken und Stiefeln an-sammelt. Ich nehme mir nicht die Zeit, die Steinchen zu entfernen und komme mir vor wie ein büßender Wallfahrer. Auf halbem Wege wird es schon dunkel und jetzt geht es auch durch dunklen Wald. Aber noch kann ich den weißen Weg gut erkennen. Um 21.00 Uhr bin ich dann in Gießen-bach, nach 5 Viertelstunden strammsten Marsches. Mit dem „Seewirt" aber möchte ich jede Wette eingehen, dass er diesen Weg in einer Stunde noch nie gelaufen ist.

Und dann begrüße ich den liebvertrauten Weg und den wilden Bach. Es ist jetzt so dunkel, dass ich die liebe Um-gebung nicht mehr erkennen kann, aber umso mehr spüre ich sie. Und der Bach lärmt und tost wie nie am Tag. Er überstürzt sich in seinen Erzählungen und während ich mit Riesenschritten taleinwärts haste bauen sich vor mir all die schönen, frohen Erinnerungen auf, die sich an diesen Weg knüpfen. Ach, wie so oft sind wir in ausgelassenster Gesellschaft hier hereingezogen, bei klirrendem Frost, mit geschulterten Bretteln! Und ebenso oft mit glühenden Wangen und jauchzender Lebensfreude herausgesaust durch stäubenden Pulver. Und heuer war uns das alles nicht vergönnt! Es war ein Winter ohne Eppzirl! - Ganz mit meinen Gedanken beschäftigt und in Erinnerungen versunken, merke ich gar nicht, wie sehr ich rase. Dunkel und lastend dehnt sich zu beiden Seiten der Wald und wenn ich steil zu den Wipfeln aufblicke, sehe ich einen Streifen nächtlichen Himmels, dicht besät mit funkelnden Sternlein. Bald aber stolpere ich über Wurzeln und Steine, so dass ich es nun doch vorziehe die Lampe anzuzünden. Aber bald ist es um mein seelisches Gleichgewicht geschehen: es wimmelt nur so von Kröten! Durch den Lichtschein angezogen, werden sie aufgestört und hüpfen mir vor die Füße. Mir graust ganz schrecklich! Bald halte ich jede Wurzel und jeden Kuhfladen für eine Kröte und kalt läuft es mir über den Buckel bei dem Gedanken, ich könnte mit meinem Griffeisen so ein Biest aufspießen. Erst wo der Weg ins Steiglein übergeht, wird es besser. Und dann trete ich hinaus aufs Almfeld. Vor mir wachsen aus dem Dunkel schon die Umrisse der geliebten Hütte und darüber ragen stumm und schwarz die wilden Türme von Eppzirl. - Ob sie wohl noch auf ist? Ich sehe auf die Uhr: nur eine Stunde und zehn Minuten habe ich gebraucht! Doch da fliegt mir schon ein leiser Lichtschein entgegen - und durchs Fenster sehe ich die „Anemone" am Herd hantieren und daneben sitzen ein alter und ein junger Senner. Und dann fliegt die Tür auf - und ich hänge dem lieben Moserle am Hals! Fast 7 Stunden bin ich nun am Weg gewesen, durch dick und dünn, in wildester Hetze. Aber nun bin ich am Ziel, nun ist es erreicht und alle Mühen und Strapazen sind vergessen. Ich bin ja wieder in meinem geliebten Eppzirl! Erst kann sich die Gute vor Staunen nicht fassen, dann aber ist Ihre Freude und Fürsorge grenzenlos.

Fürs erste kriege ich gleich ein Schnapsl, dann zieht sie mir Stiefel und Socken aus und stellt mir ein Fußbad zurecht. Mit Schrecken erspähe ich an einer Ferse eine Riesen-Wasserblase. Dann zählt sie mir die verlockendsten Gerichte auf, die sie mir alle heute noch kochen will. Aber es ist ja schon so spät und dann einigen wir uns auf Spiegeleier mit Schinken. Dann kriege ich noch Tee und Kuchen und zum Schluss und weiterer Anregung steigt noch ein Buttele mit Tiroler Spezial. Bis um 1 Uhr sitzen wir gemütlich beisammen: es gibt ja so viel zu erzählen! Der Winter war ja so lang! Und wie viel wir mit ihm verloren, sehe ich erst, wie sich aus ihren Erzählungen vor mir das Bild entrollt: Schnee, Schnee und wieder Schnee! Alle Buckelen und Mulden verweht und zugeschneit, keine Latschen und Zundern zu sehen - selbst die Hütte ganz unter der weißen Fülle begraben! Aufhören muss sie, sonst fange ich noch zu heulen an! - Lange kann ich nicht einschlafen und schon das erste Frühlicht erweckt mich wieder aus traumlosem Schlummer. Und wie ich mich umdrehe und auf den zurückgeschlagenen Fensterflügel schaue, spiegelt sich darin das zerklüftete Gezack der Freiungtürme - übergossen von leuchtendstem Frührot! Schnell springe ich heraus und kann den Blick nimmer wenden von dem erhabenen Bild, das sich mir im Rahmen des kleinen Dachfensters offenbart. Herrgott, wie schön hast Du doch die Welt gemacht und wie viel hast Du uns in den herrlichen Bergen geschenkt!

Die „Anemone" will mich nicht gehen lassen wegen meiner wunden Füße und der kurzen Zeit, die mir zur Verfügung steht; denn um 1.45 Uhr muss ich zum Omnibus schon wieder in Seefeld sein. Aber ich muss hinüber zum Solsteinhaus! Um 7.15 Uhr gehe ich weg und um 9 Uhr bin ich bereits drüben. Der alte Tutzer bringt vor Staunen den Mund nimmer zu und der Franzl freut sich unbändig. Und dann sitzen wir vor dem Haus im Sonnenschein, schauen hinüber zu den weißen Gipfeln und erzählen, was war und was sein wird. Schmieden Pläne für den Herbst, wenn ich wieder „über die Grenze schleiche". Die Solstein-Nordwand muss fallen unbedingt und den klassischen Barth-Grat setzen wir auch aufs Programm. Kaum eine Stunde ist mir gegönnt, dann heißt es wieder Abschied nehmen. Viel Worte brauchen wir dazu nicht, wir verstehen uns auch so. Und dann steige ich schweren Herzens wieder hinauf zur Scharte. Ich weiß, hinter mir steht das gewaltige Rund der Tiroler Berge - aber ich kann nicht mehr zurückschauen! In wilder Jagd stürme ich nun hinunter zur Alm. Blökend flüchten vor mir die Schafe, wie ich in einer Staubwolke und begleitet von kollernden Steinen dahergesaust komme. Aber im Karkessel halte ich doch noch mal besinnliche Umschau. Ganze Brände leuchtenden Almenrausches lecken an den Halden empor und dazwischen leuchtet das Bergvergissmeinnicht von einer Bläue, dass einem die Augen übergehen. Die Wände aber stehen fast weiß im Azur des Himmels von einer selten schönen Beleuchtung. Ja, hier möchte ich wohl ein Weilchen bleiben, wenn die Zeit stille stehen möchte. Aber dort draußen ruft die Pflicht - und ich komme.

Um 12 Uhr scheide ich auch von hier. Lange flattert noch ein weißes Tüchel und ich fühle, ich lasse Freunde zurück, Freunde, die treu zu mir halten und immer zu mir stehen werden, was sich auch zwischen den beiden Ländern aufwerfen möge.

In Gießenbach erreiche ich gerade noch den Zug nach Seefeld und von hier bringt mich der Omnibus wieder in die Unterleutasch. Eine Stunde lang stärke ich mich in der „Mühle" bei Kaffee und Kuchen und Sahne. Sehr angeregt wird die Unterhaltung an der österreichischen Grenzkontrolle mit dem Grenzer und dem Heimwehrmann. Sie machen erstaunte Augen, lassen mich dann aber laufen mit dem Nachruf, mich draußen ja nicht erwischen zu lassen. Werde ich schon nicht! Dann gehe ich auf der Straße weiter bis zur Kapelle, dann aber, um ganz sicher zu sein, im Wald in einem Graben hinunter zur Leutaschklamm. Beinahe noch hätte mich das Schicksal erreicht: wie ich unten auf den Weg einmünde, laufe ich direkt einem SS-Posten in die Hände! Zum Glück unterhält der sich gerade mit zwei jungen Damen, so dass ich für ihn nur eine Störung bedeute.

Und dann bin ich wieder glücklich zu Hause, wo sie froh sind, dass alles so gut gegangen ist. Arthur aber wünscht, sie hätten mich einsperren sollen, dass mir endlich mal die Lust zu solchen Abenteuern verginge. - Aber erst müssen sie mich haben!

Samstag, Sonntag, 31. August/1. September 1935

Schachen - Meilerhütte

Musterstein-Südwand und Bayerländerturm-Ostkante

Ein richtiger Bergtag soll mal wieder steigen - drum geht's auf die Meilerhütte! Ich gehe mit Arthur am Samstag um 3 Uhr weg, während Hans Brandmaier um 6 Uhr nachkommen will. Es ist ein herrlicher Nachmittag, noch reichlich früh und so machen wir schon am Ferchensee die erste Rast. Erfrischen uns in den kühlen Fluten und stärken uns anschließend mit Kaffee und Kuchen. Dann geht es in gutem Tempo aufwärts. Die Sonne ist inzwischen schon tief gesunken und webt mit letzten Strahlen Goldgeflimmer um Baum und Strauch. Wir haben uns soviel zu erzählen, dass wir ganz erstaunt sind, als wir an der letzten Kehre schon das Königshaus auftauchen sehen. Wundervoll ist dieser Bergabend! Tiefer Friede ist ausgegossen über die schweigenden Gipfel und viel zu klein ist das Herz, diesen Frieden in sich aufzunehmen.
Am Schachen ist Hochbetrieb. Zum Glück haben wir uns schon telefonisch Betten reservieren lassen und machen uns nun über's Abendessen. Ich habe einen Wolfshunger und als Hans um 10 Uhr auftaucht, esse ich immer noch.
Wir haben ein gemütliches Zimmerl mit drei Betten, können aber lange nicht einschlafen. Fast die ganze Nacht rumort es auf Gängen und Stiegen. Kaum haben sich die letzten unter ihre Decken verkrochen, brechen die ersten schon wieder auf. Wie ich erwache, flimmert gerade das erste Leuchten am Horizont auf und setzt sich fort in einem goldenen Streifen. Um halb 6 Uhr steigen wir dann auf zur Meilerhütte. Es geht sich wunderbar leicht in dem frischen, klaren Morgen und kaum etwas mehr als eine Stunde benötigen wir für den Weg. Auf der Meilerhütte ist es drückend

voll. Auf dem Fußboden, auf der Stiege, überall haben sie geschlafen. Die Luft im Gastraum ist zum Schneiden so dick und es herrscht ein Gedränge und Gewühle, dass kaum zum Durchkommen ist. Arthur begrüßt seinen Schulkameraden Leiß, dem heuer die Zweitbegehung der Matterhorn-Nordwand geglückt ist. Erst wie einige Kletterer aufbrechen, bekommen wir Platz, um unser Frühstück einnehmen zu können. Und dann geht es gleich in Kletterschuhen und ohne Rucksackbelastung ein Stück das Kar hinunter und hinüber zum Einstieg in die Musterstein-Südwand. Die „Hannemann-Route" steht auf dem Programm. Wohlig warm scheint schon die Sonne in das weiße Gewänd und ich freue mich unbändig auf die Kletterei. Hans führt heute, um selbständiger zu werden und um zu trainieren auf die Urlaubsfahrt in das Reich der Dolomiten.

Leicht geht es die ersten Seillängen hoch und dann kommt die erste - und leider auch einzige schwierige Stelle. Ein Haken ist eingeschlagen, den wir aber gar nicht brauchen, und den Arthur mit viel Mühe und diebischer Freude heraushaut. Nachdem es nun immer leichter und leichter wird, merken wir allmählich, dass wir uns unmöglich auf der richtigen Route befinden können. Arthur liest uns vor aus dem „Führer" von Kaminen und Überhängen usw. - und wir schauen uns die Augen danach aus - ist aber nichts davon zu entdecken. So steigen wir halt geradeaus weiter. Plötzlich ein schneidendes Pfeifen - und schon sausen die dicksten Brocken dicht an unseren Köpfen vorbei. Allmählich wagen wir uns wieder unter dem Überhang hervor, nicht ohne zuvor noch einen scheuen Blick nach oben zu werfen. Ab und zu kommen noch ganz nette Kletterstellen, dazwischen aber immer wieder ekelhafte Geröllrinnen. Wir sind richtig ärgerlich, von der schönen Route abgekommen zu sein und schimpfen fürchterlich auf den „Dreck". Und dann stehen wir am Grat und sehen nun weit drüben den Gipfel. Wir hätten uns gleich zu Beginn viel mehr rechts halten sollen. Aber nun ist es schon geschehen und das nächste Mal wissen wir Bescheid.

Auf dem Westgrat geht es dann zurück zur Meilerhütte. Alle drei sind wir so unbefriedigt, aber „nun wird eine ganz pfundige Sache gemacht", meint Arthur. Nach einer ausgiebigen Brotzeit steigen wir auf dem Hermann von Barthweg hinüber zum Einstieg der Ostkante auf den Bayerländer-Turm. Arthur hat sie vor 14 Tagen als zweiter gemacht und schildert sie uns in den herrlichsten Farben. Heiß brennt die Sonne vom wolkenlosen Himmel. Der Fels ist weiß und leuchtend - und lockt, dass man nicht widerstehen kann. Wir seilen an und Arthur steigt als Erster ein. „Äußerst" ist die Bezeichnung für diese Tour, was wir denn auch bald zu verspüren bekommen. Es ist ein heißer Kampf. Nur gut, dass sich die Ostwand der Dreitorspitze bald vor die Sonne stellt und uns Schatten angedeihen lässt. Bald kleben wir nur noch an winzigen Griffen und Tritten, wenn diese Rauhigkeiten im Fels überhaupt noch Anspruch auf diesen Titel haben. Ich bin froh, durch das Seil noch etwas Halt zu haben und schwindle ab und zu auch ein bisschen, was ich mir als Zweite schon leisten kann. Nun kommt ein bauchiger Überhang, der uns zwei Haken kostet, und anschließend ein ganz schmales, etwas nach abwärts und außen hängendes Kriechband. Zentimeter um Zentimeter wetzt Arthur auf dem Bauche vorwärts, bis er schließlich um die Kante verschwindet. Aber wir merken an dem nur langsam ablaufenden Seil, dass drüben die gleichen Schwierigkeiten sind. Eine ganze Serie von Haken steckt bereits im Fels und hat Arthur nur die Karabiner einzuhängen. Endlich nach langem, bangem Warten ertönt das „nachkommen". Die Bezwingung des Überhanges erleichtert mir Hans, indem er mir die baumelnden Beine sicher an den Fels drückt. Viel Mühe macht mir immer das Aushängen und wieder Einhängen des Seiles in die Karabiner, an den winzigen Griffen kaum das Gleichgewicht halten könnend. Und dann liege ich auf dem „Band". Mir fällt das Bibelwort ein,

„auf dem Bauche solltest Du kriechen" und komme mir vor wie eine Raupe, wie ich mich so auf meinem Bäuchle vorwärtsschiebe. Zur rechten Seite drängt der Fels nach außen und links fällt steil die Wand ab. Aber es ist lange nicht so schlimm, wie es aussieht. Mir macht es ordentlich Spaß und freudig rufe ich zum Gefährten hinunter, dass es „ganz leicht" ist. Der Arme muss immer noch untätig und wartend dastehen. Aber dann bin ich drüben und er ist erlöst. Wie ich aber das nun folgende Stück zu Gesicht bekomme, so flößt es mir durchaus kein Vertrauen ein: unser Band verliert sich in einer Wand, die sich in seltener Glätte senkrecht aufschwingt. Nur ein feiner, dunkler Riss ist sichtbar, der sich etwas schräg aufwärts durch sie hindurchzieht. Es ist die berüchtigte Hangeltraverse, die schwierigste Stelle unserer Route. Beklommen betrachte ich mir die Geschichte und so sehr ich mit den Augen auch alles abtaste, ich komme nicht zurecht. Und dann schickt sich Arthur an, den „Todesgang" - wie ich dieses Stück für mich im Stillen bezeichne - anzutreten. Ich liege noch immer auf dem Bauch, lasse langsam und vorsichtig das Seil durch die Finger laufen und verfolge gespannt jede Bewegung Arthurs. Einige Haken stecken in dem Riss, er hängt Karabiner und Seil ein und hangelt hinüber. Grausig sieht es aus, wie er so an winzigen Griffen über der Tiefe hängt. Frei baumeln die Beine, und da ein Griff immer höher ist als der vorhergehende, ist immer ein Klimmzug zu machen. 4 bis 5 Meter ist die Traverse lang und mir wird schon ganz schwül. Habe ich denn so viel Kraft? Aber dann ist er drüben und auf einem leidlichen Stand und e t w a s leichter geht es dann an der Wand hinauf. Bald ist er meinen Blicken entschwunden. „Nachkommen"! Mir gibt es einen tüchtigen Stich und ich habe ein Gefühl in mir, als würde ich im Wartezimmer eines Zahnarztes sitzen. „Nur frisch an die Arbeit", ertönt es von oben. Und dann hänge ich an zwei winzigen, aber nadelscharfen Griffen. Aus den ohnehin schon angegriffenen Fingern läuft mir das Blut über die Hände herunter. Aber nur nicht auslassen, jetzt nicht! Vergeblich taste ich (Arthur nennt es scharren) mit den Fußspitzen die Wand ab: es ist nirgends ein Tritt. Und nun ziehe ich mich mit der ganzen mir zur Verfügung stehenden Kraft mit der Linken hinauf auf den nächsten, etwas höher und seitlich stehenden Griff. Schnell greift die Rechte nach - und nun weiter! Langsam schon spüre ich, wie die Arme erlahmen, erreiche aber noch mit letztem Kraftaufwand den folgenden Griff. Aber nun kann ich nicht mehr! So viel ich mich auch bemühe, ich kann mich nicht mehr hochziehen. Ganz verzweifelt arbeite ich - aber vergebens! Noch eine Weile umkrallen die Fingerspitzen krampfhaft den letzten Halt, aber dann lässt die Kraft vollständig aus und ich hänge im Seil. „Fest halten", schreie ich hinauf und, „fest halten" ruft auch Hans, der alles untätig mit ansehen muss und ganz entsetzte Augen macht. Er zieht etwas am Seil und abwärts gelingt es mir auch schließlich, wieder auf den Ausgangspunkt zurückzukommen. Und da kauere ich nun - ein Häuflein Elend - mit blutenden Händen und Beinen. Unsagbar schmerzen mich die Armmuskeln und so gut es mein Platz zulässt, versuche ich ausgleichende Bewegungen zu machen. Und nun soll ich ausruhen, um es dann von Neuem anzugehen. Über eine halbe Stunde lassen sie mir Zeit, aber meine Arme sind noch immer gefühllos. Ich weiß, es wird mir diesmal erst recht nicht gelingen, versuche es aber doch, um nicht eigensinnig zu erscheinen. Arthur will mir jetzt die Sache erleichtern. Er hat sich anderen Stand gesucht, von dem aus er mich pendeln lassen kann und ich soll dann von der Mitte der Traverse aus auf den Stand drüben hinüberpendeln. Schweren Herzens beginne ich: erreiche die ersten Griffe und ziehe mich mühsam hoch. Aber die Füße sind noch nicht in gleicher Höhe mit dem Stand drüben und ich muss nochmal einen Klimmzug machen. Es gelingt. Und jetzt soll ich also hinauspendeln, finde aber nicht die geringste Rauhigkeit im Fels, um mich kräftig abstoßen zu können. Lasse aber doch meine Griffe aus, ein kleiner

Schwung, und schon pendle ich: hinüber, wieder zurück; diesmal mit mehr Schwung. Aber es reicht noch nicht. Erneut setze ich an - da plötzlich über mir ein dumpfes Krachen, ein Poltern, Steine kommen geflogen, ein furchtbarer Ruck - und ich hänge einen ganzen Meter tiefer frei im Seil!!! Durch das gewaltige Anstemmen ist meinem Bruder unter den Füßen der ganze Dreck abgebrochen, er ist gerutscht und nur wie durch ein Wunder hat er sich einen Meter tiefer wieder halten können. Nun hat er zwar wieder leidlichen Stand, für mich aber kann er nichts tun als eisern halten. Ich aber bin in einer misslichen Lage: schmerzhaft schnürt mich das Seil zusammen, ich bekomme kaum noch Luft. Wie ich auch suche und schaue, nirgends, auch nicht der kleinste Griff oder Tritt. Immer unerträglicher wird der Schmerz um die Brust - und in letzter Verzweiflung fange ich an zu arbeiten. Verkralle mich an winzigsten Rauhigkeiten und versuche durch Reibung mit den Fußspitzen und den Knien mich hinüberzuwetzen. Ein Stück komme ich ganz gut vorwärts, dann gleite ich wieder ab und pendle zurück. Ganz mutlos bin ich; denn nun ist es bald zu Ende mit meinen Kraftreserven. Von oben und rechts reden sie auf mich ein und Hans versucht, mich hinüberzuziehen. Aber den doppelten Zug halte ich nicht aus, er nimmt mir noch die letzte Luft. Geschieht denn gar nichts? Warum reißt das Seil nicht, das ich endlich von diesem furchtbaren Druck befreit werde? Wenn wenigstens weiter unten Stand wäre, könnten sie mich tiefer hinunterlassen! Aber glatt ist die Wand. Und bis in die Schlucht reicht das Seil nicht aus. Meine Lage wird immer unerträglicher. Der ganze Fels ringsum ist schon rot von meinen blutenden Händen, was mich vollends aus der Fassung bringt. Und nun folgt ein letztes, verzweifeltes Ringen. Ich wetze und reibe mich wieder Zentimeter um Zentimeter vorwärts mit äußerster Anstrengung; denn das Seil droht mich dauernd zurückzuziehen und wieder aus dem Gleichgewicht zu bringen. Endlich - ein Griff! Fest umschließen die Finger diesen sicheren

Pol und lassen nimmer aus. Und suchend tastet die Rechte weiter - wieder einen! Dann ein Stand! Und mit äußerster Mühe und letzter Kraft gelingt es mir schließlich, mich zurückzuarbeiten. Dann aber bin ich vollkommen erledigt. Alles ist mir gleich, nur fort von hier, von der Stätte meiner Niederlage.

Aber was nun? Arthur kann nicht mehr zurück, er muss hinauf auf den Gipfel, der keine Seillänge weit mehr entfernt ist. Hans hat angesichts dieser Schinderei jeglichen Mut für diese Stelle verloren. Und einer muss ja mit mir zurück; denn leicht wird es nicht sein. So nimmt Arthur ein Seil mit sich, mit dem anderen treten wir den Rückzug an. Auf unserer Anstiegsroute ist es wegen den zu großen Schwierigkeiten unmöglich. Also müssen wir schauen, in die Schlucht zwischen Bayerländer-Turm und Ostwand hinunterzukommen und versuchen, hier hinauszugelangen. Wir haben auch bald eine einigermaßen gangbare Stelle gefunden. Hans sichert mich hinunter und seilt sich dann ab. Ein Stück geht es ganz annehmbar im Klamml dahin, aber dann kommen die Schwierigkeiten. Jetzt mal eine fast senkrechte, glatte Wand. Aber sie ist nicht hoch und Hans lässt mich einfach am Seil abgleiten. Krampfhaft halte ich den Strick umfasst und wie ich ihn unten loslasse, bringe ich die Hände nimmer auf. Die Finger sind nach innen verkrallt und erst nach geraumer Weile gelingt es mir wieder, sie zu öffnen.

Neue Schwierigkeiten bauen sich auf. Wenn ich aber an die dort oben denke, erscheinen sie mir klein und nichtig. Und dann folgt der erste Absturz. Ängstlich spähe ich hinunter und sehe keine Durchstiegsmöglichkeit. Hans spricht es nun aus, das Wort, vor dem ich schon lange gebangt: „abseilen"! Noch nie habe ich es versucht, da mir immer davor gegraut, vor diesem Schweben zwischen Himmel und Erde, nur verlassen auf den dünnen Hanf. Aber nun muss es sein, es gibt keinen anderen Ausweg. Hans richtet mir alles her - und nun los! Aber ich kann mich nicht entschließen.

So seilt er sich als erster ab, um mir zu zeigen, wie einfach das ist. Hm, ganz nett sieht das aus! Nicht aber bei mir: ich bin heute schon so erledigt, dass ich mich derart ungeschickt anstelle und es mich ganz hinauslegt. Das Seil rutscht mir dauernd über den Schenkel vor und ich komme einfach nicht vorwärts. In der verwegensten Lage hänge ich in der Luft. Hans' entsetzter Schrei: „um Gottes Willen, Sie fallen ja runter", bringt mich einigermaßen zur Besinnung. Endlich hänge ich so tief, dass er mich unter dem Überhang hereinziehen kann. Hätte ich aber als erste abgeseilt, wäre es schlimm um mich gestanden. Und weiter geht es. Ängstlich spähe ich immer voraus, was wohl noch alles kommen wird. Kein Ende will hergehen! Ich habe schon so genug und wünschte, mal wieder sicheren Boden unter den Füßen zu haben! Und wo bleibt nur Arthur? Er muss ja längst wieder herunten sein und kommt uns doch sicher gleich entgegen! Endlich! Tief unter uns steht er draußen am Hermann von Barth-Weg und schickt sich an, heraufzusteigen. Wir aber trotzen den letzten Hindernissen. Und - nun sind wir doch noch glücklich dem Berg entronnen! Ich drücke Hans die Rechte: er hat treue Bergkameradschaft bewiesen und grenzenlose Geduld mit mir gehabt. Aber nun ist es mit meiner nur noch mühsam aufrecht erhaltenen Fassung endgültig aus: ich heule gerade hinaus. Diese Tour war für meine - durchaus nicht geringen - Kräfte zu hoch und dann haben die Nerven vollkommen versagt. Das eine steht nun in mir fest: jetzt ist es Schluss! Das war diesmal aber wirklich die letzte Klettertour!

Als ich mich etwas beruhigt hatte, kehren wir zur Meilerhütte zurück. Arthur erzählt, er hätte auch uns oben ins Gipfelbuch eingetragen; er meint wir haben genug durchgemacht und uns redlich geschunden. Ich bin so froh, dass die beiden nicht ärgerlich über mich sind. Aber sie haben ja gesehen, ich habe mein möglichstes getan und Arthur findet jetzt auch, dass die Tour zu schwer für mich war. Auf der Meilerhütte wird noch Brotzeit gemacht; das heißt, die anderen. Ich bringe keinen Bissen hinunter. Verklebe erst mal meine offenen Hände und dann geht es zu Tal.

Ich habe noch immer das Gefühl des schnürenden Seiles um die Brust und jeder Schritt und jede Erschütterung tut sehr weh. Ich überlege schon, am Schachen zu bleiben, aber morgen ist das bestimmt noch schlimmer. So beiße ich halt die Zähne zusammen und bemühe mich, Schritt zu halten.

Auf den Bergen verglüht der Tag. Wir aber schreiten hinein in den dämmernden Abend, jeder mit seinen Gedanken beschäftigt. Es ist nicht wie sonst ein fröhliches, vergnügtes Heimkehren, mit stolzem, siegesfrohen Sinn, selbstsicher, im Bewusstsein gelungener Fahrten. Nein, heute ist es so ganz anders! Heute hat mich der Berg geschlagen, hat mir gezeigt, dass er stärker ist als ich und hat mir bewiesen, wie gering meine Kraft und wie mangelhaft mein Können. Hat mir gezeigt, wo meine Grenze ist und mich in die Bahn zurückgewiesen, die mir als Frau eigentlich zukommt. Und ich bin traurig, sehr traurig! Komme mir so geschlagen und erniedrigt vor wie nie in meinem Leben und kann immer nur denken: nun ist's aus! - Aber, was wäre gewesen, wenn ich es geschafft hätte? Dann hätte ich immer noch schwereres gewagt, ja, wäre noch kecker geworden - und das Ende wäre ja doch mal eine Niederlage gewesen. Das ist wohl richtig. Aber es tut weh, bitter weh, zu fühlen, dass einem Grenzen gesteckt sind, dass man nicht alles erringen kann, was man gerne möchte; es tut weh, zu fühlen, dass man nur ein armseliger Mensch ist, eine Frau, die am Berg doch nie ganz die Leistungen des Mannes erreicht.

Spät ist es schon und dunkle Nacht, wie wir endlich, müde und hungrig, heimkommen. Selbstverständlich wird nicht das geringste verraten; denn wie könnten wir den Eltern gegenüber zugeben, dass es halt doch gefährlich ist, auf die Berge zu klettern.

Die Wortbrüchige

Nein, ich kann ihn nicht halten, meinen Schwur, den ich bei mir geschworen, als der Berg mich schlug. Den ich geschworen, als der Berg mich wieder aus den Krallen ließ, nachdem wir hart gegen hart gekämpft. Nie wieder! Damals war es feste Überzeugung, unumstößlicher Beschluss.

Und jetzt? Drei Wochen sind inzwischen hinabgerollt. Drei Wochen, in denen der Sommer aus dem Land zog und der Herbst seinen Einzug hielt mit Farbtopf und Palette. Und dazwischen liegen Tage der Erholung, der Ruhe und Entspannung, Tage, in denen ich wieder zu mir selbst gefunden habe. Ja, drei Wochen lang hat keine Hand mehr einen Felsen berührt!

Nun aber ist die alte Sehnsucht wieder erwacht, die nur geschlafen hat und geschwiegen, die ein arger Schreck betäubte.
Nun lodert sie wieder hell empor und ruft nach dem Berg, ruft nach Kampf und Sieg.

Und dann ist ja auch ein Brief gekommen, ein Brief von meinem Bergkameraden vom Solsteinhaus. Ein Brief, in dem er mich ruft, zu kommen, so bald als möglich, um längst Besprochenes, längst Ersehntes Wirklichkeit werden zu lassen.
Und ich blicke hinauf zu den Bergen, die heute wieder leuchten und locken. Lange sind sie mir ja schon Lebensinhalt geworden - ich kann nicht mehr sein ohne sie. Und weshalb soll ich ankämpfen gegen diese innere Macht, die ja doch stärker ist als ich? Und ich blicke hinauf zu den reinen, freien Höhen, lange und stumm. Und dann steht es fest:
Ich komme, ich komme!

Anmerkung:

Ende September 1935 ging es weiter mit Touren und der Kletterei, „Der Schwur" hatte also gerade mal knapp 4 Wochen gehalten...

Es folgte sogleich die erwähnte Tour mit Franz vom Solsteinhaus, die am Anfang des Buches („Erinnerungen, Der Frühjahrshausputz und die Nordwand", Seite 14) beschrieben ist.

Jula Nemayer im März 1936 auf der westl. Karwendelspitze.

Mein Skiurlaub

16./28. März 1936.

(Nur zwei Tage ohne Sonne!)

Montag, 16.März

Mittags erhalte ich endlich meine Ausreisebewilligung. Um halb drei Uhr geht's damit aufs Bezirksamt und mit dem nächsten Zug fahre ich gleich durch. Rucksack und Brettel lasse ich mir an die Bahn bringen. Um 6 Uhr bin ich in Gießenbach und trotz dichtestem Schneegestöber und schwerem Rucksack etwas nach 8 Uhr auf der Alm.

Dienstag, 17. März

Die ganze Nacht schneit es unentwegt weiter, gegen Morgen aber klart es allmählich auf. Um 9 Uhr gehe ich weg - Anny und Zenzi begleiten mich - hinüber aufs Solsteinhaus, um Franz meine Anwesenheit kundzutun. Aber schon nach einer halben Stunde kommt uns Franz mit Herrn Batkowski entgegen und gemeinsam geht's dann zur Scharte. Die Zenzi fährt wieder zurück, während ich mit den Beiden zum Solsteinhaus abfahre und dort gleich einen Teil meines Rucksackinhaltes deponiere. Am späten Nachmittag steige ich wieder zurück, von Franz und Batkowski begleitet. Und dann folgt eine der herrlichsten Abfahrten vom ganzen Winter. Herrlichster Pulver, unberührte Hänge - nur für mich alleine. Und von den Blicken der anderen verfolgt schwelge ich nun dahin: nur zwei Stürze mache ich, alles andere ist ein einziges Sausen, ein einziges Glück. - Um halb 5 Uhr bin ich wieder auf der Alm und steige noch ein Stück hinauf zum Sonntagsköpfl und genieße in aller Ruhe den selten schönen Winterabend.

Mittwoch, 18.März

Gegen 8 Uhr kommt Franz herüber, mich abzuholen. 20 Minuten später gehen wir weg ins Samstagkar. Erst steigen wir mit Fellen, dann aber wird es harschig und es geht tadellos zu Fuß, bis auf die letzten 30 m. Hier rutscht die neue Auflage und wir kommen auf Eis. Franz nimmt mir die Brettel ab und nur mühsam erreichen wir schließlich den Grat. Trotzdem haben wir nur 5 Viertelstunden gebraucht. In die Sonne sind wir jetzt getaucht und vor uns liegt in märchenhafter Pracht unser Tagesziel: der wellige Kamm der Zirmköpfe mit dem höheren Zischkenkopf als Abschluss. Auf tadellosem Firn fahren wir ab ins Weingertalerkar. Jetzt folgt ein kleiner Aufstieg, dann wieder herrliche Abfahrt. Noch mal Aufstieg - Abfahrt - und Aufstieg auf den Zischkenkopf. Abfahrt zurück zur Scharte und dann folgt ein langes, mühsames und nicht ganz ungefährliches Queren der weiten Lawinenhänge. Endlich sind wir draußen und fahren dann ab zur Zirler Kristenalm. Um 12.20 Uhr sind wir dort und halten dann bis 2.15 Uhr Rast in der warmen Mittagssonne. Dann steigen wir in eineinviertel Stunden hinauf zum Solsteinhaus. Hier kurze Rast und dann steige ich alleine zurück auf die Scharte, da Franz und Batkowski den Herrn List mit seiner ausgefallenen Schulter nach Hochzirl hinunterbringen. Die Abfahrt zur Alm ist wieder herrlich, der Schnee jedoch nicht mehr so locker wie am Vortag. (7 Std.)

Donnerstag, 19. März

Um ca. 3 Uhr gehe ich endgültig von Eppzirl. Hinauf auf die Scharte, wo mich Franz schon erwartet. Eine Stunde aalen wir uns dort in der Sonne und dann fahren wir ab zum Solsteinhaus. - Um halb 2 Uhr fahren wir von dort ab zur Amtssäge und steigen dann auf in die Pfeis. Nur langsam geht's heute bei mir; denn vom Vortag bin ich noch etwas müde. Dazu wechselt der Schnee und wir haben - trotz allem Wachsen - die mächtigsten Stollen an den Brettern. Riesige vereiste Lawinenfelder sind zu queren und um 6 Uhr sind wir endlich in der Pfeis. Niemand ist da. Jetzt beginnt eine umfangreiche Tätigkeit: den Schnee von der Türe schaufeln, aufsperren, Laden öffnen, Holz holen, einheizen, Schnee holen für Wasser, kochen usw. Ich koche Tee und Franz einen bärigen Schmarrn. Dazu heizen wir was der Ofen frisst, aber es wird und wird einfach nicht warm. Blau angelaufen sind wir, man sieht immer noch den Atem in der Luft und wir ziehen alles an, was wir zur Verfügung haben. Zeitig gehen wir schlafen. (6,15 Std.)

Freitag, 20. März

Um 8 Uhr ist Abmarsch. Aufstieg zum Kreuzjöchl. Ganz herrliche Abfahrt in g'führigem Firn bis zur Vintlalm. Hier ist leider der Schnee zu Ende. Und jetzt beginnt ein mühseliger Abstieg auf dem gefrorenen, teilweise vereisten Boden. Weiter unten im Wald aber liegt sommerlicher Odem. Im Dickicht blühen Leberblümchen und Himmelsschlüssel und die Vogerln singen wie an einem Ostertag. An der Rumeralm geht's vorbei und an der reizenden Enzianhütte, dann nach Mühlau und hinein nach Innsbruck, wo wir punkt 12 Uhr ankommen. Mein liebes Innsbruck, ich grüße dich! Schön bist du, einzig schön, aber wahnsinnig heiß! Wahre Heißluft liegt in den Straßen, die einem direkt den Atem nimmt. Während meine Brettel bei Peterlongo wieder zusammengeflickt werden, leisten wir uns ein ergiebiges Mittagessen. Gott sei Dank wieder mal was anderes als „Dääää" (Erbswurstsuppe) und Wurstbrot. Nachdem wir kein günstiges Auto bekommen, müssen wir auch noch bei der Gluthitze auf der staubigen Straße hinaufpilgern nach Igls. Von da fahren wir hinauf auf den Patscherkofel. Hier möchte ich wohl den Tag in Ruhe beschließen, Franz aber bringt mich schließlich mit vielen und guten Worten so weit, noch auf die Glungezerhütte zu gehen. „Nur zweieinhalb Stunden sind's", tröstet er. Aus den zweieinhalb Stunden aber sind dreidreiviertel geworden. Wahnsinnig müde bin ich und schleppe mich nur mühsam weiter. Immer wieder zeigt sich dem Auge ein abschließender Gratrücken, und hat man ihn schließlich erreicht, baut sich ein neuer dahinter auf. Eine ganze Kette von roten Pfeilen, die immer wieder andere Richtung weisen. Das letzte Stück gehen wir zu Fuß. Franz nimmt mir nun die Brettel ab, aber viel besser geht es deswegen nicht. Um halb 6 Uhr erreichen wir schließlich doch noch die Hütte (2600 m) und dann schmeckt mir die Erbswurstsuppe so gut wie noch nichts in meinem Leben. Wir sind die einzigen Gäste. Zwei bedienende Frauenzimmer sind da, eine unsympathischer als die andere. Und dann lege ich mich schlafen, hinter mir einen Tagesmarsch von 8,15 Stunden.

Samstag, 21. März

Erst steigen wir noch hinauf auf den Gipfel und um 9 Uhr fahren wir ab. Es ist das viel zu früh, denn der Schnee ist noch total verharscht und die Abfahrt für mich alles andere als ein Vergnügen. Zum Schluss geht Eis her und es wird ganz unerträglich. Kurz vor Windegg saust Franz noch mit voller Wucht auf einen Misthaufen - dann ist der Schnee, d. h. das Eis, Gott sei Dank zu Ende. Dann folgt ein eineinhalb Stunden langer Tippler hinunter nach Hall. Dann leisten wir uns bis Innsbruck die Trambahn, essen zu Mittag - und dann hätte ich wieder mal genug. Franz will mich aber unter allen Umständen heute noch aufs Solsteinhaus bringen. Ich streike. Will einfach nicht. Bitte und beschwöre ihn, mich doch hier zu lassen - ich kann einfach nimmer - bringe sogar eine Träne heraus, aber er bleibt unerbittlich. Hier bayrischer Dickschädel - hier tiroler. Heute noch siegt schließlich der letztere. Zum letzten Mal! - Ich muss also mit, nur das wie bleibt mir freigestellt. Und so entschließe ich mich von allen vorgeschlagenen Wegen schließlich für den übers Hafelekar. Mit der Bahn geht's hinauf und dann queren wir hinüber zur Mandlscharte. Es ist recht mühsam: teilweise vereist, dann bricht man wieder durch im morschen Schnee. Franz hat mir die Brettel abgenommen und geht voraus. Plötzlich bricht er ein in ein tiefes Loch, mit dem Oberkörper hängt er hangabwärts - aber die Brettel hält er fest umklammert. Schnell eile ich hinzu, versorge erst mal die Ski und dann gelingt es ihm auch, wieder herauszukommen. Verharscht ist auch der Einstieg in die Rinne, die ins Mandltal führt. Franz haut Stufen und vorsichtig steige ich nach. Und dann schnallen wir an und fahren durchs Mandltal hinaus in die Amtssäge. Ich ganz langsam und vorsichtig, um ja nicht zu stürzen. Denn ich darf meiner Müdigkeit keine weiteren Strapazen mehr zumuten. Bei dieser gemächlichen Abfahrt erhole ich mich wieder so weit, daß ich dann auch noch die eineinhalb Stunden hinauf aufs Solsteinhaus komme. Franz frohlockt: „Nun ist es doch gegangen! Ich weiß ganz genau, was Sie leisten", ich aber falle wie ein Sack ins Bett - und bin weg. Erst aber hat er mir noch ein Fußbad zurechtgestellt und eine selbstgebraute Salbe zum Einreiben meiner aufgelaufenen Füße gegeben.

Sonntag, 22. März

Nach einem abgrundtiefen Schlaf wache ich um 10 Uhr auf. Sonne liegt auf den Dielen und durchs Fenster prunkt der Große Solstein mit gleißendem Firngewand. Unter meinem

Fenster auf der Hausbank scheint es lustig herzugehen. Ich reibe mir meine Verschlafenheit aus den Augen, öffne und schaue hinunter. Alle sitzen sie in der Sonne, Gäste sind heute auch noch da - und der Franz schaut ganz entgeistert bald zu mir herauf, bald auf einen älteren Herrn. Ich ziehe mich wieder zurück und später erfahre ich des Rätsels Lösung: der ältere Herr war Lenz, der Hüttenwart vom Solsteinhaus. Und Franz hat mich unerlaubterweise im Hüttenwartzimmer untergebracht, das eigentlich immer reserviert bleiben sollte. Aber es ist halt das beste Zimmer - und wer hätte gedacht, dass er ausgerechnet heute kommt. Wie ich dann hinunter komme begrüßt er mich sehr freundlich; denn Franz hat ihm schon viel von mir erzählt. Auch Franz bekommt keine „Nasen"; denn er hält sehr viel auf ihn. - Ansonsten ist heute Rasttag. Franz kann am Sonntag nicht gut von der Hütte weg und da meint er, ich soll mich heute gründlich ausruhen. Ich mache Spaß und sage: „Ich gehe nur mal schnell hinüber nach Eppzirl", aber da wird er ganz wild; denn die Anny kann er für die Welt nicht ausstehen. - Und dann aale ich mich den ganzen Tag in der Sonne. Franz aber studiert Karten und Führer, denn morgen wollen wir ins Stubai.

Montag, 23. März

Dunkel ist es noch, wie wir um 7 Uhr vom Solsteinhaus abmarschieren. Die Batkowskis übernehmen inzwischen die Sorge um die Hütte. Und geben Franz noch gute Ermahnungen, mir ja nicht zu viel zuzumuten. Geholfen haben sie nichts, wie ich noch am gleichen Tage erfahre. - Um 9 Uhr sind wir unten in Zirl. Franz hat einige Besorgungen, wir kaufen noch etwas Proviant und fahren dann die drei Stationen hinauf nach Flaurling. Und dann geht's auf die Flaurlingerscharte. Drei bis vier Stunden sollen es sein - aber fünfeinhalb sind's geworden. Erst geht es durch herrli-

116

chen Wald, dann wird der Weg zu einem steilen, steinigen Pfad. Jäh schraubt er sich in die Höhe, entlang an einem tosenden Bach. Allmählich beginnt der Schnee. Aber hier ist er noch morsch und faul, überall bricht man durch in Wasserlöcher. Nach 3 Stunden haben wir die Zirmbachalm erreicht, herrlich gelegen inmitten eines nordseitig gelegenen riesigen Kessels. Versteckt zwischen Bäumen lockt eine kleine Skihütte zu gemütlicher Bleibe. Ich habe mich noch immer nicht ganz erholt, der morgendliche Abstieg vom Solsteinhaus hat auch nicht zur Besserung beigetragen und jetzt 3 Stunden Aufstieg in der Hitze - ich möchte zu gerne hier übernachten. Eine diesbezügliche scheue Anfrage findet nur taube Ohren. Unentwegt geht es weiter. Vor uns dehnen sich weite Hänge, das Ziel liegt noch verborgen. Ich werde müder und müder. Nur noch ganz mechanisch schiebe ich einen Ski vor den andern. Der schwere Rucksack drückt und zu allem Unglück hat sich noch das Bandl im Stiefel verschoben, mit dem ich die Hose am Fuß festgebunden habe. Der Knopf druckt ganz narrisch gegen den Knöchel. Bald muss ich mir eine Blase gewetzt haben, denn bei jedem Schritt sticht es wie eine feurige Nadel. Wenn ich bloß das in Ordnung bringen könnte! Ich schiele zu Franz, der schon wieder ein gut Stück mir voraus ist - und ich Rindvieh trau mir wieder mal nix sagen! So beiße ich denn die Zähne zusammen und trotte weiter. Noch geht kein Ende her. In schlechter Spur geht es jetzt unter Wänden durch einen weiten Hang entlang, dann in eine höher gelegene Mulde. Eisiger Wind faucht hier, treibt uns Eiskörner ins Gesicht und nimmt uns den Atem. Immer öfter muss ich stehen bleiben - ich kann fast nimmer! „Seins arg müad?", erkundigt sich Franz. Ich kann nicht mehr antworten, bin dem Weinen nahe. Da nimmt er mir den Rucksack ab, obwohl er selbst schon einen Riesenbinkel hat. Ich lasse es geschehen, denn es geht anders nimmer. Aber ich kann ihn nicht ansehen, wie er sich mit den zwei Säcken auf dem Rücken abmüht. Aber er wollte es nicht anders haben, wollte hier herauf, wenn ich auch noch so oft vorschlug, doch mit dem Auto ins Kühtai zu fahren. Eine Stunde noch geht es weiter. Und um halb 6 Uhr haben wir endlich die Scharte erreicht. Ich bin am Ende meiner Kräfte, schon ganz apathisch geworden und Franz scheint sich nun doch Vorwürfe zu machen. Nur ein ganz kleines bisschen möchte ich mich auf einen Stein setzen, aber Franz drängt zur Abfahrt. So übernehme ich wieder meinen Rucksack und wir fahren ab. Erst geht es über fast freigewehte Steinkare, dann über steile Wiesen, zwischendrin müssen wir immer wieder apere Stellen queren. Es ist ja reine Südseite und der Schnee schon äußerst spärlich und die Decke dünn. Die noch vorhandenen Flecken nehmen wir so ziemlich mit. Erst weiter unten ist der Schnee noch zusammenhängend, aber morsch und faul. Franz stürzt kopfüber in ein ganz tiefes Loch und kommt nur mit Mühe wieder heraus. Ich denke nur immer an das herrliche Gelände auf der anderen Bergseite und dass man so eine Tour eben in umgekehrter Richtung machen muss. Unten müssen wir noch über einen Bach und dann stehen wir auf dem schmalen Sträßlein, das rechts hinein ins Kühtai führt, links hinaus nach Haggen. Treffen einen Träger und fragen nach Unterkunftsmöglichkeit in Kühtai. Alles besetzt, kriegen wir zu hören, die Leute schlafen auf den Gängen und Stiegen. Also müssen wir wieder ein Stück talaus. Kommen zur Zirmbachalm, wo Franz die Leute kennt und wir sicher übernachten können. Aber der Pächter ist nicht da und dann schaut die ganze Sache zu sehr nach Räuberhöhle aus, als daß ich hinein möchte. Also noch weiter hinaus nach Haggen! Hier treffen wir nach 9 - stündiger Tageswanderung um halb 7 Uhr ein. Das Gasthaus ist ganz gemütlich und ich kriege ein geheiztes Zimmer mit einem richtigen Bett.

Dienstag, 24. März.

Auf die Neue Pforzheimer-Hütte wollen wir heute und kurz nach 8 Uhr fahren wir schon wieder ab. Es liegt noch Schnee hinunter nach St. Siegmund, aber noch ist er total verharscht. Alle Augenblicke haut es mich unsanft auf das Eis und so ziehe ich lieber die Brettel aus. Von Franz ist schon wieder nichts mehr zu sehen. Unten in Siegmund wartet er auf mich. Und dann geht's erst mal zu Fuß weiter, noch fast nicht ansteigend, hinein ins Gleirscher Sellraintal. Ganz gut geht es anfänglich, aber dann bricht man mitten drin wieder bis zur Hüfte durch. Ich ziehe die Brettel wieder an - aber auch so ist es nichts! Also herunter damit! Aber da sitze ich schon wieder in einem tiefen Loch. Meine Stimmung sinkt auf Gefrierpunkt. Müde bin ich auch noch - ich habe es richtig satt, diese Herumrennerei ohne Rast und Ruh - und komme zu dem Entschluss, bis zur Hütte zu gehen aber keinen Schritt mehr weiter! Mag Franz sagen was er will, diesmal hilft alles nichts, diesmal setze ich meinen Kopf durch. Vier Urlaubstage habe ich noch vor mir und diese will ich nun verbringen nach meinem Geschmack, will mich noch ein bisserl ausruhen und von der Hütte aus gemütliche Touren machen ohne Rucksack. Franz ist schon nimmer zu sehen, aber ich lasse mir ausgiebig Zeit. Herrliche Skigipfel grüßen schon heraus - und jetzt sehe ich auch die Hütte! Ganz großartig liegt sie inmitten weiter Firnfelder. Ja, hier will ich bleiben! Der Hüttenhang entringt mir noch manchen Seufzer, aber dann ist es geschafft! Ein junger Bursch begrüßt uns freundlich, er hat bis jetzt den Winterraum versorgt, heute aber die Köchin heraufgebracht. Wir haben es also gerade richtig erraten. Noch ein Herr ist da, Sudetendeutscher aus Aussig und die Köchin ist auch ganz reizend: eine kleine, mollige 50jährige Frau aus dem Tal. Erst essen wir mal eine Suppe und dann teile ich Franz vorsichtig meinen Entschluss mit. Er scheint ihn nicht ernst zu nehmen und schlägt vor, heute Nachmittag mal zu rasten und morgen sehen wir weiter. Ich schicke ihn auf eine Tour, hole mir dann einen Liegestuhl und rücke ihn in die Sonne. Aah, wie das gut tut, einmal so recht faul zu sein! Die beiden Herren sind eifrig um mich bemüht, bringen mir Decken zum Drauflegen und bald ist die schönste Gaudi in Gang. Ich bin ganz erlöst! Es tut nicht gut, immer nebenher zu laufen mit einem schweigsamen Menschen, mit dem man nie so recht lachen kann. Ich atme ordentlich auf, fühle mich wie von einem Alpdruck befreit und gehe auf alle Dummheiten ein. Sie bearbeiten mich, doch da zu bleiben. Was nicht nötig ist; denn ich denke gar nicht mehr daran, fortzugehen. Allmählich dreht sich die Sonne ab und so machen wir es uns auf dem Hüttendach gemütlich, welches auch für die 4 weiteren Tage der Schauplatz bleibt für Stunden höchster Sonnenseligkeit.

Am späten Nachmittag kommt Franz zurück. Schonend teile ich ihm wieder meinen Entschluss mit. „Wia sie wellen", ist alles, was er dazu erwidert. Ich lege ihm auseinander, dass es für mich auf die Dauer zu anstrengend ist, dass ich mich doch noch etwas erholen muss. Er soll das doch bitte einsehen, mir nicht böse sein, wir wollen weiter die guten Kameraden bleiben, die wir immer waren. Er stimmt mir zu - zieht aber ein fürchterliches Gesicht und spricht kein Wort mehr. - Zum Abend wird Witzenmann erwartet, der bekannte Witzenmann, mir bekannt durch seine Erstbesteigungen und Schriften, Vorsitzender der Sektion Pforzheim. Eine Dame soll noch mitkommen - und ich bin angenehm überrascht als sie kommen. Es ist Fräulein Dr. Lang, eine mir durch ihre öfteren Besuche in Mittenwald gut Bekannte. Und es wird ein reizender Abend. Wir sitzen mit den Beiden am Tisch und ich unterhalte mich besonders mit Witzenmann glänzend. Er ist aufs höchste überrascht, wie ich von allen Einzelheiten seiner bergsteigerischen Tätigkeit, sowie über die anderen alpinen Themen unterrichtet bin. Franz saß dabei und sprach kein Wort, so oft auch Witzenmann ihn ins Gespräch zu ziehen versuchte. Dann musste ich ihm noch ins Führerbuch schreiben und dann wollte er schlafen gehen, weil er am anderen Tag zeitig fort wollte. Ich sagte ihm, er soll halt ohne mich die Tour fortsetzen, so wie wir sie geplant und soll mir doch ja nicht böse sein, ich kann es einfach nimmer so weiter machen. Noch ein Händedruck und dann ging Franz - und gesehen hab ich ihn nimmer.

Mittwoch, 25.März

Ich habe mich erst einmal ausgeschlafen und dann erfahren, dass Franz bereits um 6 Uhr aufbrach. Und dann bin ich mit Otto Girschick, wie der Sudetendeutsche hieß auf die Mittlere Sonnenwandspitze, 3084 m. Mit dreieinhalb Stunden haben wir uns ausgiebig Zeit gelassen. Etwas mühsam war nur der Gipfelhang. Die Abfahrt leider ziemlich verweht, wobei sich Girschick das Skispitzl brach.

Wie ich später erfahren habe, ist Franz direkt zum Solsteinhaus zurückgekehrt. Das Ehepaar Batkowski aus Zirl hat es mir berichtet, sie waren ja von Franz beauftragt, das Haus während seiner Abwesenheit zu betreuen. Die Beiden haben mich gut gekannt, ich traf sie erst wieder bei Franz' Beerdigung am 19. Juli 1936 in Zirl.

Schlussbemerkung:

Dies war eine kleine Auswahl aus meinen vielen Aufzeichnungen, hauptsächlich aus den Jahren bis 1936. Die Jahre nach 1936 brachten durch den Krieg bedingt viel Änderung. „Meine" Berge jedoch haben mich nie losgelassen. Sie haben bis heute nichts von ihrer Faszination verloren.

Jula Keck, geb. Nemayer

Ich bin ein Wanderer
und ein Bergsteiger,
ich liebe die Ebenen nicht,
und es scheint,
ich kann nicht lange stillsitzen.

Zarathustra

Jula Nemayer, 1929 auf dem Wetterstein-Grat.